神童勇者的女僕都是漂亮大姊姊!? 1

Presented by Kota Nozomi
Illustration = pyon-Kti

Kadokawa Fantastic Novels

{一起洗澡}

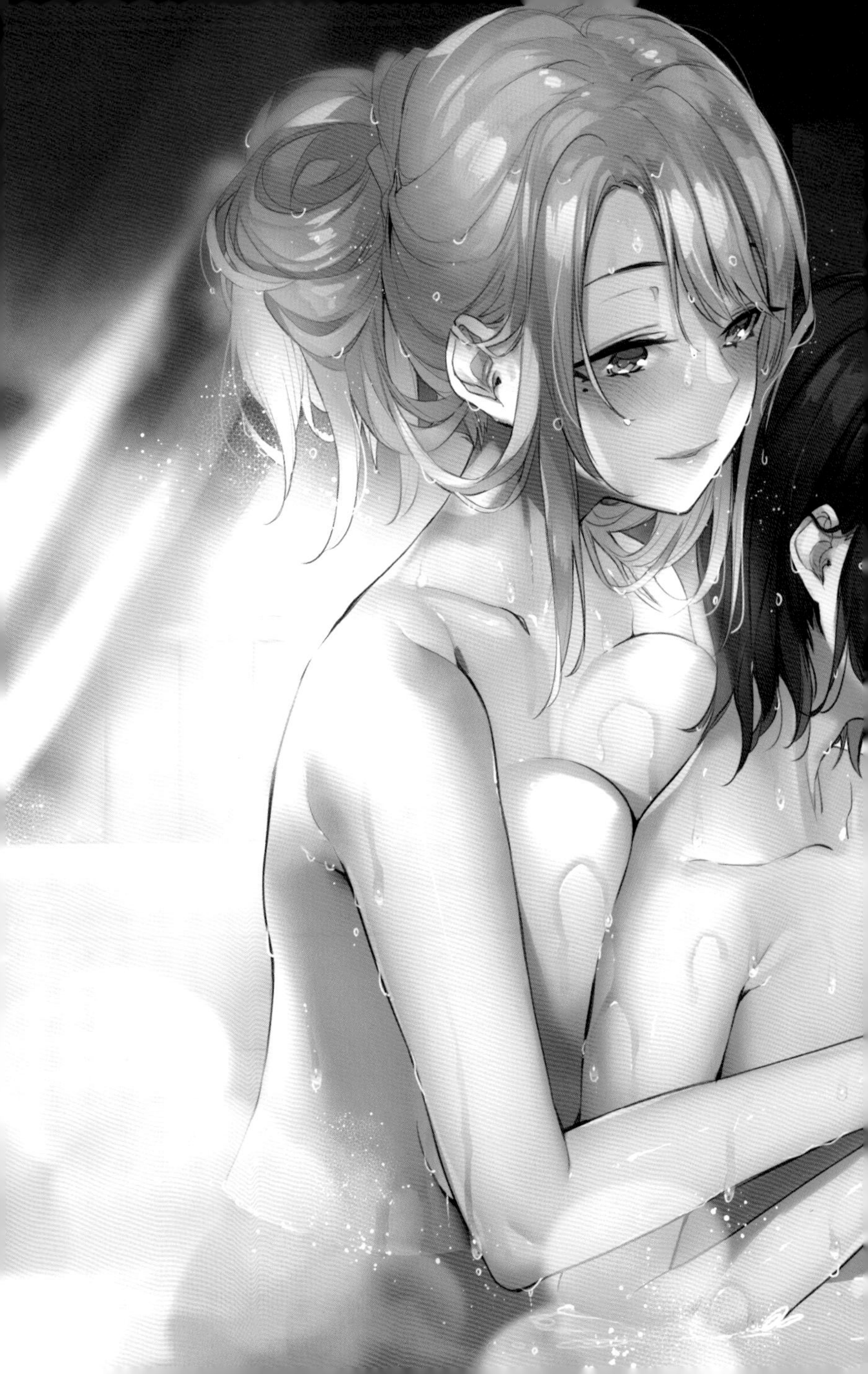

{久違的修煉}
利用上一秒還存在的無數幻影、
魔力的殘渣，以及殘留的餘味
來擾亂對手的移動方式……
席恩瞬間看穿這些訊息，
並抬起頭來，
將劍水平舉在眼前。
下一秒——一股宛如隕石般的衝擊落在劍上。

「……啊哈！真的耶！」
隔著刀刃，席恩可以窺見菲伊娜笑容下那副銳利的犬齒。
剛才從上方強力席捲而來的衝擊，正是來自她那雙已經變幻成充滿威脅型態的爪子。

伊布莉絲
凪

雅爾樹拉
菲伊娜
席恩

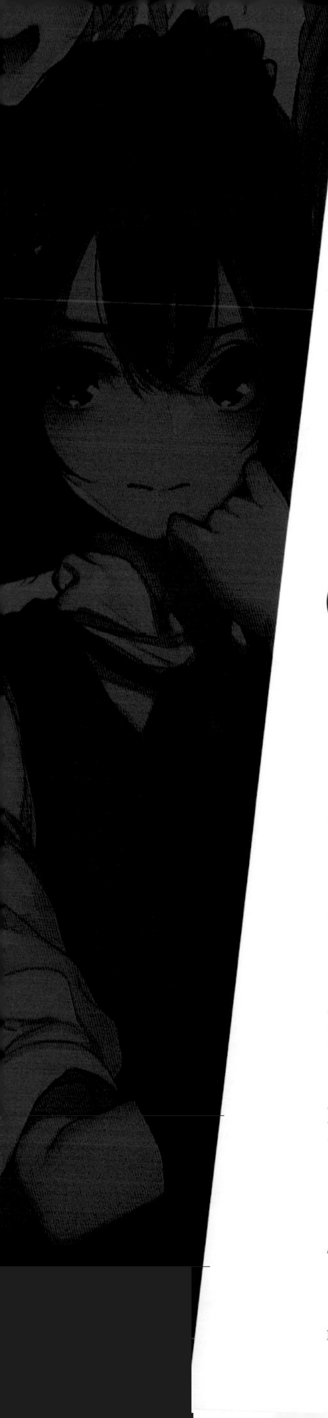

CONTENTS

Genius Hero and Maid Sister. 1

Presented by Kota Nozomi / Illustration = pyon-Kti

神童勇者的女僕都是漂亮大姊姊!?

Genius Hero and Maid Sister.

1

望公太

插畫 ぴょん吉

Presented by Kota Nozomi

Illustration = pyon-Kti

Kadokawa Fantastic Novels

序章

Genius Hero and Maid Sister.

他並非想當英雄。
他並非想被人稱作勇者。
他並非想追求富貴名聲。
他並非期待他人的回饋。

他只是想拯救所有人。

他以為只要打倒所有惡徒，世界就能獲得救贖。
只要打倒魔王，世界就能獲得和平。
他只是想守護大眾。
他也有足以實現這件事的力量。
所以他必須拯救世界。

這個世界有一位少年抱著這般純粹的願望。

少年名為——席恩・塔列斯克。

他是一位天才。

非常聰慧的天才。

簡直是過度且超越常理的天才。

他具備魔術與武術的才能，自幼便嶄露頭角，還在大陸最大的國家——羅格納王國的王都，被稱頌為神童。

他在滿十歲之前，就已經比王都的任何一個大人都要強悍。年僅十歲，國王就將能證明王國最強的「勇者」稱號賜予了他。

儘管身懷對那副稚嫩的軀體而言過於強大的力量，他卻有顆正直的心。他並未沉溺於自己的才能，不斷認真修行，投身於拯救人民的戰場當中。

席恩打從心底相信，他的力量是為了拯救世界存在。

而實際上——也真的是如此。

消滅了魔王這個萬惡根源後，人類與魔族長久以來持續的大戰，以人類勝利劃下句點。

當時的席恩是——十歲。

世界因一名過於早熟的天才少年獲得救贖。

少年的的確確守護了這個世界。

然而——

世界卻沒有拯救少年。

少年守護的世界並未守護他。

反而巧取豪奪。

少年——被剝奪了一切。

無論是勇者的稱號、約好的地位，就連拯救了世界的名譽也被別人奪走。

他本該是人稱救世英雄，應該是與神同等，要被崇敬的存在——卻淪落為遭人輕視、忌諱、迫害、人人喊打。

少年失去一切、失去身分地位，被迫在邊境的森林孤獨生活。

在一個空有廣大占地的宅邸內，獨自清醒，獨自沉睡。

沒有人知道他是生是死，宛如屍骸般的生活方式。

他想與人接觸，但他有無法靠近村落的苦衷。

他也想過乾脆一死了之，但他有不能死的苦衷。

連死都不能如願，宛如詛咒般永遠的孤寂——

或許就是因為這樣吧。

「妳們幾個……」

當隱居生活大約過了一年左右——

席恩對著造訪這間宅邸的四名女性如此問道：

「要不要在這裡跟我一起生活？」

第一章　前任勇者一個人睡不著

Genius Hero and Maid Sister.

羅格納王國西邊的艾爾特地方——

有一幢偌大的宅邸，孤零零地座落在遠離人群的巨大森林深處。

這是打倒魔王的少年——席恩·塔列斯克現在的住處。

這幢宅邸大到少說也能住進二十個人，但現在住在這裡的，只有席恩和四名女僕。

「……嗯……」

這裡是宅邸最上層的某間寢室。

席恩在樣式奢華的床舖上清醒過來。

他是個嬌小的少年。

樣貌稚嫩，身材纖細。他今年就要十二歲了，但和同齡的孩子相比，身高還是矮了一截。他是個給人認真印象的少年，但那張稚嫩的容顏卻又可愛得會讓人誤以為是少女。

他身上穿著睡衣——但只有右手戴著黑色的手套。

（好像有點睡過頭了。）

席恩瞇起眼睛看著從窗外灑落的陽光，用還有些迷糊的腦袋想著。

（沒想到就算**身體變成這樣**，還是只有睡眠必須確保……我真是變成一種難搞的生物了……嗯？）

稍微自嘲過後，當席恩正想撐起身體的瞬間，他終於發現一件事。

他的身體正被某種柔軟的物體包覆著。

那是一種很暖和、很香的物體，會誘惑才剛清醒的意識再度返回夢鄉。

觸感非常舒服。

他沒想太多，反射性伸手觸碰靠在臉上的物體。

軟綿綿的。

他的手掌傳來一股不可思議的觸感。那東西的重量很實在，卻非常柔軟。而且它大到單手無法完全覆蓋，可是富有彈力，是一種難以形容的感覺──

「啊嗯……」

一聲嬌嗔從席恩臉龐附近傳出。

「討厭，席恩大人真是的……您怎麼……這麼大膽……！」

這聲妖豔的嬌喘，是認識的女人的聲音。

「啊啊……席恩大人嬌小的手讓我……！席……席恩大人，我可以喲。只要您不嫌棄，儘管盡情享受我的身體。如果我的身體能取悅主人，那也是身為女僕無上的幸福……！」

「雅爾榭拉……呃，什……！」

這時候，席恩完全明白是什麼異常事態發生在自己身上了。

包覆著身體的東西——是女人的身體。他小小的身軀被抱在對方的臂彎之中，頭更是整顆陷入胸部裡。

換言之，他的手從剛才開始一直搓揉的東西——

「嗚……嗚哇啊啊！」

他整個人彈離那副女人的軀體，然後跳下床。

「啊嗯……您已經滿足了嗎？」

相較於完全心生動搖的席恩，躺在床上的美女——雅爾榭拉則是臉頰微微泛紅，有些遺憾地說著。

她是侍奉席恩的其中一名女僕，也是統領其他三個人的女僕長。

她的眼角微微下垂，眼神溫柔，眼睛下方還有顆淚痣。淡紅色豔麗的長髮正披在她的肩上。

看起來雖是個貞潔的美女，但不管你願不願意，目光就是會被那突出的豐腴胸部給吸走。那對雙峰正推擠著穿在身上的洋裝式薄睡衣，感覺就快滿溢出來。

溫和的面容與豐腴的肢體呈現出一種不平衡的魅力，醞釀著不像人類的色與香。

（我……我摸到她的胸部了……）

這名正值青春期的少年，腦中充滿自己隔著一塊薄布觸摸女性胸部的觸感。那是一對用自己的小手也無法完全掌握的巨大乳房。他覺得自己的手上還留有那份柔嫩的觸感——

「妳、妳在幹麼啊？雅爾榭拉！」

為了擺脫那份觸感，席恩握緊拳頭，拚死擺出堅決的態度。

也就是一個主人面對女僕該有的態度。

「妳為什麼會睡在我的床上？」

「您怎麼這麼問？因為昨晚輪到我侍寢啊……」

「呃……啊，這……這樣啊。」

對方若無其事地回答，席恩也不疑有他。

輪流侍寢——住在這間宅邸的四名女僕，每天都會輪流和席恩同床共枕。

換句話說，就是寵幸……並不是。

他們只是一起睡覺罷了。

「是您希望我們每天陪您睡覺不是嗎？因為您一個人會怕到睡不著。」

「才、才不是！我才不怕！我只是……呃……只是跟人一起睡覺，睡眠品質會比較好而已！這……這是為了自我管理，我也無可奈何啊！」

「呵呵呵，確實是如此。」

雅爾榭拉以慈愛的眼神低頭看著激動找藉口的席恩。

「可是……就算是我的命令，妳也沒有必要抱著我吧？我……那個……只需要妳們睡在我旁邊就夠了。」

「我很抱歉。近距離看見您可愛的睡臉……我情不自禁，沒能忍住。不過您應該也覺得這樣不賴吧？您剛才還非常熱烈地揉著我的胸部呢。」

「我……我只是還沒睡醒，所以……那個……對、對不起。」

瞧席恩乖巧地低頭道歉，雅爾榭拉溫柔地露出微笑。

「請您不要道歉。我是個把一切都獻給您的低賤女僕……您身為我的主人，我的全身上下沒有您不能摸的地方。」

「……妳不覺得討厭嗎？」

席恩低著頭，以顫抖的嗓音問道。

「雅爾榭拉，妳不害怕嗎？就算我碰到妳——哇噗！」

話才剛說到一半，一對豐腴的胸部便逼近他的顏面。

那是一份溫柔、溫暖、慈祥的甜美擁抱。

「什……雅、雅爾榭拉?」

「我怎麼可能會覺得討厭呢?如果是您,不管您怎麼對我,我都無所謂喔。」

「好……好啦!我知道了啦,快放開我……好……好難受……」

因為雅爾榭拉抱得用力,席恩整張臉都被壓在胸部裡。而且越是掙扎,就越陷越深,席恩只能紅著一張臉扭動身體。

「呵呵,是我失態了。」

雅爾榭拉一臉惋惜地緩緩張開雙手,席恩這才終於擺脫那軟嫩的監牢。他「呼」的一聲,吐出一口大氣。

(可惡……這下子什麼威嚴都沒了。)

其實他也想表現得更處變不驚,更有男子氣概。

無奈席恩的人生經驗尚且不足,還不知道對待年長女性的方法。因此即使想釋出威嚴,也總是白費功夫,被雅爾榭拉玩弄於股掌。

而且不只她,其他三人也是如此。

該用什麼態度對待活了比自己的歲數多出一倍以上的女性呢?

這名好不容易才活到十二歲的少年,總是苦思著對待年長女僕的方式。

「席恩大人,您也差不多該下樓了。我想早餐已經準備好了。」

「啊，好。說得也是。」

「那麼我來幫您更衣。」

「……雅爾榭拉，我之前就很想說了，妳可以不用這麼無微不至地服侍我。區區更衣，我可以自己——」

「不可以！」

雅爾榭拉突然大吼一聲。

「您說這是什麼話！高貴如席恩．塔列斯克的存在，居然還要特地自行更衣，實在太糟蹋您——不行，您不能做這種貶低您品格的事！」

「是……是這樣嗎？」

「像王族、貴族這種具有高貴身分的人，都不會自行更衣。我聽說更衣大小事都是僕從的工作。既然如此，您當然也該這麼做。品格這種東西必須從日常習慣開始培養。」

「……好……好吧。那我就跟往常一樣，拜託妳幫忙了。」

瞧雅爾榭拉殺氣騰騰地激辯，席恩不禁被她的氣勢震懾，就這麼答應。隨後她露出滿面笑容，點頭說了一句「遵命」後，向席恩伸出雙手。

一雙女性白皙的手一件一件褪去席恩的睡衣。

以玩笑般煽情的手法。

（嗚嗚……好……好難為情。）

藉由美女的手幫自己脫衣。對已經習慣女人的男人來說，除了幸福之外或許還是幸福。但對於正值青春期的少年來說，卻是難以忍受的羞怯。

席恩於是閉緊雙眼，隱忍這份羞恥。

因此他完全沒有發現，服侍著他的雅爾榭拉眼裡閃爍著滿是不純的慾望，也不知道對方脫下自己的睡衣後，偷偷聞著味道。

席恩更衣完畢後，雅爾榭拉也暫且回到自己的房間，換下連身睡衣，改穿女僕服。

那是一席以黑白色調為基底的簡樸洋裝。頭上戴著白色的女僕髮箍。長髮整理成一球，綁在側邊。她那挺直背脊的站姿，有著宛如一朵白薔薇般的凜然美感。

「讓您久等了。我們走吧。」

「嗯。」

走廊鋪設著絨毛微長的地毯，兩人就這麼往前走。多虧女僕們每天幫他清掃，走廊上一塵不染，窗戶也是閃閃發亮。

往窗外一看，便能瞧見修整有致的庭園。有色彩豔麗的薔薇花，以及水質澄澈的噴泉。

雖然從這個地方看不見，宅邸後方還有種著蔬菜的菜圃。

席恩微微眯起雙眼，露出淡淡的微笑。

（這裡已經變成一幢富麗的宅邸了。）

這幢宅邸原本是數百年以前的建築。大概是哪個貴族所蓋的別墅，卻在不知不覺間被棄置了。

席恩被趕出王都，一路避人耳目流浪至此的時候，它只是一座老舊至極的廢墟。

他原本抱著能遮風避雨就好的想法，直接睡在廢墟中——但自從和雅爾榭拉她們四個人一起生活後，她們便鉅細靡遺地整修這幢宅邸。

多虧有她們，現在廢墟才能脫胎換骨，變成富麗的宅邸。

「自從和妳們一起生活，就快一年了嗎？」

「是呀。」

一年前——雅爾榭拉她們四個人出現在如死屍般生活在這個廢墟當中的席恩面前。

不過那並不是他們初次見面。

他們在更早以前就已經見過好幾次。

那是席恩還被人稱作勇者的時候。

因為她們四個人——

「——猜猜我是誰？」

這時候席恩的眼前突然轉暗。

有人偷偷靠近背後，遮住了他的眼睛。

「……菲伊娜嗎？」

「哇，好厲害，超正確！」

對方鬆開雙手後，席恩轉過頭，只見一名面露活潑笑容、穿著女僕服的女人——菲伊娜站在那裡。

她有著一頭明亮的髮色，髮長及肩，雙眼透著如孩童想到鬼點子那般天真無邪的光輝。

她身上那套女僕服的裙長非常短，露出健康的美腿。再看看那豐盈的胸部和柳腰，出眾的身材和纖細的四肢散發出宛如野生肉食動物的美感。

「小席大人，你怎麼知道是我？」

「因為除了妳之外，沒有人會做這麼幼稚的事了。」

「什麼？真的嗎？你該不會……其實是透過後腦勺感覺到我的胸部才知道的吧？」

「別、別說傻話了！」

菲伊娜戲弄似地反駁，讓席恩整張臉漲紅。他反射性看向對方的胸部。雖然稍微不及雅爾榭拉，菲伊娜卻也有著十分壯觀的巨乳。

「菲伊娜，妳這樣不檢點喲。」

雅爾榭拉告誡道。

她的口氣非常自然，不是面對主人時那種充滿敬意的口吻。

「居然把妳那對下流的胸部壓在席恩大人高貴的後腦勺上，失禮也得有點限度。」

「居然說我下流。妳的胸部遠比我下流好幾倍，根本沒資格說我。還有，我又不是故意的。我只是衝太快，不小心撞上去而已。」

菲伊娜不服地說完後，重新低頭看向席恩。他不懷好意地「嘻嘻嘻」笑了三聲，接著輕輕把手放在他的頭上。

然後嘴裡唸著「乖乖」，開始撫摸。

「妳……妳做什麼！快住手，別摸了！」

「小席大人這顆頭的位置真的剛剛好耶。正好在我們胸部的高度。」

「唔……」

聽見這句若無其事的指摘，席恩全身頓時緊繃。

因為——菲伊娜準確地指出席恩現在介懷的一個煩惱。

他的身高很矮。

即使考慮到他現在才十二歲，還是稍嫌矮小。

住在這幢宅邸的女僕們，每個人都比席恩高出二十七公分以上——想當然耳，他的臉正好位於對方的胸部位置。

就算正常面對面說話，胸部還是會進入視野當中。

席恩對女性沒有免疫力，他根本不知道該怎麼面對日常生活中總會進入視野的好幾對胸部，只能游移視線閃躲。

「小席大人可以合法地盡情觀賞胸部耶。因為胸部就在你抬起頭來看得到的地方嘛。」

「別……別開玩笑了！我對……胸、胸部才沒有興趣！」

這是違心之論。

其實他有點……不對，是很有興趣。

但就算撕裂了他的嘴，他也說不出口。

因為席恩他——今年才十二歲。

「啊哈哈，惱羞成怒了。你真的好可愛喔，討厭～我摸我摸我摸摸摸。」

「別……別摸了，很癢耶……」

「——夠了。」

聽見這道宛如冰刀般冰冷且銳利的聲音，菲伊娜這才回過神來，怯生生地收手。

「妳沒看到席恩大人在抗拒嗎？」

雅爾榭拉露出一抹微笑。但她的眼睛根本沒在笑。而且彷彿可以看見嫉妒和憤怒的氣焰從她的體內噴出。

菲伊娜看了，不滿地嘟起嘴巴。

「吆……一下下而已，有什麼關係嘛？」

「我的意思是，妳要有身為一個女僕的自制力。撫摸主人的頭這種令人羨慕的行為——咳咳！失禮的行為，簡直無法無天。」

「雅爾榭拉好詐。自己昨天盡情享受過了，現在就這麼苛責我。」

「妳……妳在說什麼呀？我才沒有忘記身為女僕的職責，沉溺於慾望之中呢。對吧，席恩大人？」

「呃……嗯。」

席恩附和雅爾榭拉的話。

雅爾榭拉有羞於在人前卿卿我我的傾向。周遭有人在的時候，她就是個中規中矩、落落大方、氣質出眾的忠貞女僕。

（不過……只要和她單獨相處，她就會變得有點奇怪。）

她會彷彿解開理性的枷鎖，目光驟變，增加肢體接觸。尚且年幼的席恩還不太清楚這到底是為什麼。

他們打開位在一樓的飯廳門扉，一股香氣便撲鼻而來。

這是麵包剛出爐的香味。

寬廣的室內正中央擺著一張足夠十人入座的長桌。天花板掛著一個豪華的水晶燈飾。

有個人正按照人數，將餐盤逐一放上平整無皺褶的乾淨桌巾上。她是個纖瘦的女僕，正在準備早點。

她發現席恩後，停下手頭的作業，整副身體面向門口。

「主公，您早。」

她的態度殷勤備至，深深低頭問早。

「嗯，早安。原來今天是凪負責煮飯啊？」

「屬下馬上就會準備好，還請您稍待片刻。」

凪以生硬的口吻告知後，再度返回作業。

她有著一頭如墨水般的黑髮，細長清秀的眼睛，以及修長且穠纖合度的肢體。是個美如一把名刀的美女——這不是比喻，她的腰間真的配著一把刀。圈在腰間的皮帶上掛著長刀用的刀鞘。

凪的愛刀不論是製法還是外飾都與大陸的刀劍大相徑庭。聽說是她的祖國——東方某個島國的作品。

「主公」這個奇妙的稱呼也是沿用她祖國對主君的敬稱。

席恩坐到自己的位置上，雅爾榭拉和菲伊娜也跟著入座。

若是普通的王公貴族，主人便不可能和侍從同桌吃飯。

但席恩原本就不是什麼貴族，要女僕們工作，自己卻享受餐點，實在讓他坐立難安。所以他便命令她們吃飯的時候，盡可能一起坐著吃。

餐桌不斷放上凪所做的早餐餐點。

「這是今早剛採下來的番茄。就算什麼都不加也很好吃，不過請照自己的喜好使用調味料吧。」

宅邸後方有一塊菜圃，凪就在那裡種植蔬果。有番茄、萵苣這類常見的蔬菜，也有許多大陸罕見、從東方來的植物。

凪接著擺上裝有淡茶色湯品的碗，和放著白色長方形物體的小盤子。

「我記得這是味噌湯和豆腐吧？」

「是的。上次屬下做給您吃的時候，獲得佳評，因此再次獻醜。」

「妳做的東方食物每一樣都很好吃。味道清爽，卻有種神奇的韻味。」

「您過獎了。屬下今天烤的麵包有加豆漿，我想應該和味噌湯很搭。」

「那真是讓人期待。不過……東方人好厲害。有味噌、醬油、豆漿和豆腐，居然能把一種豆子昇華成各種料理。」

「那麼，主公……」

這時候，凪原本沉著冷靜的眼神產生了變化。

「您……您今天要不要試著品嚐納豆呢？」

看她一副滿懷期待和興奮的態度，席恩的神色不禁為之緊繃。

「啊……嗚。納豆啊……那個我……」

「納豆和味噌、豆腐一樣，都是大豆加工食品！氣味確實是它的特色，但營養價值非常高，在我國是一種為人熟知的食材……」

「不，這個……之前也聽妳說過了……嗯。好啦，等我下次有興趣再吃。」

「……這樣啊。」

看凪明顯沮喪的樣子，席恩反倒覺得內疚。

（可是納豆……我就是沒辦法啊。）

之前凪也一邊說「這是我最喜歡吃的東西」，一邊把納豆端上桌，但……席恩就是全都無法接受。讓人喪失食慾的色調。具有黏性的細絲。更要命的是那強烈的氣味。實在難以想像那是人類能吃的食物。

「雖然對凪不好意思……但那根本就只是發臭的豆子。」

「如果要我吃那個，我寧願去吃土。」

雅爾榭拉和菲伊娜也抽搐著嘴角笑道。她們同樣表現出強烈抗拒納豆的意思。尤其菲伊娜似乎真的無法接受那股味道，她的感情已經超越抗拒，反而比較接近憎惡了。

「唔，妳們兩個……！如果妳們敢愚弄我們祖國的食物文化……愚弄納豆，我可不會輕饒！」

「……凪，我再確認一次，妳沒有騙我們吧？妳國家的人真的、真的有在吃納豆吧？」

「連……連主公也這樣……！唔……為什麼！為什麼納豆在這個國家不被人接受！居然說它發臭……那麼起司不也一樣嗎！」

凪顯露出深深的沮喪和激烈的憤慨。

（……異國文化交流還真是難。）

之後，凪好不容易振作起來，繼續準備早點，將五人份的餐點擺上桌。

「嗯？對了，伊布莉絲怎麼啦？」

席恩想起還有個不在場的女僕，於是提問。只見凪有口難言般地回應：

「屬下經過她的房門前姑且叫過她了，但沒有回音……」

「又睡過頭了嗎？如此不約束自己，還真教人傷腦筋。」

雅爾榭拉嘆了一口氣。

「她起不來，別管她不就好了？我肚子餓了，先吃——」

「——不行。」

席恩強勢的聲音蓋過菲伊娜厭煩的言語。

「要盡可能大家一起用餐。這就是這個家的規矩。」

聽聞主人如此篤定的聲音，女僕們一瞬間露出訝異的神情，隨後紛紛轉為溫柔的微笑。

「……啊哈哈，也對。對不起，小席大人。」

菲伊娜輕聲道歉。

「凪，抱歉，可以麻煩妳去叫伊布莉絲起床嗎？」

「遵命。」

凪聽從席恩的命令，轉身走出餐廳。

這段期間，他們都不能動口吃剛做好的餐點，只能等待。這樣難忍的時間持續了一會兒……

「啊，對了。」

菲伊娜出聲從位子上站起。

她將放在餐廳一隅的整疊報紙拿到席恩身邊。

「小席大人，來。整個星期的報紙剛才送到了。」

「哦哦。菲伊娜，謝謝妳。」

報社使用的老鷹會以每週一次的頻率替這幢宅邸送報。那是利用魔術強化了智能與運動能力的一種使魔。這種運送方式的價位比普通方式還貴，但要將東西送到位在邊境深處的這幢宅邸，也只能選擇這種服務。

席恩接過報紙，首先閱覽過去這一個星期的新聞。

「怎樣？有發生什麼好玩的事嗎？人家不會認字，你不要只顧著自己看，告訴我嘛。」

「——好像有一群盜賊闖進王都宮殿了。」

席恩對著靠在自己肩膀上看報紙的菲伊娜說。

「一個星期前的深夜，有幾名賊人擅闖宮殿，偷了幾件寶物庫的東西逃走。已經知道其中一名賊人叫做加雷爾．傑亞。」

「加雷爾．傑亞……我有聽過這個名字。」

雅爾榭拉開口說道：

「我想他應該是在羅格納王國南方烏爾特領地一位很有名的盜賊。他是盜賊團『緋蜘蛛』的首領，不分貴族、平民，他總是隨心所欲、信手捻來就燒殺擄掠，是個惡名昭彰的男人。」

「是喔，簡單來說就是個人渣吧。」

「我也聽過他的名字。不過這還真讓人驚訝。王都……尤其宮殿和寶物庫的警備非常森嚴。我不認為區區盜賊有辦法偷溜進去……這個叫做加雷爾的男人真的這麼有能力嗎？」

席恩繼續閱讀這篇報導。

「被偷走的東西是……保管在寶物庫的寶石和武器，總共十五樣。當騎士團本部的精銳抵達現場時，加雷爾等人已經開始逃竄。根據目擊情報，應該是逃到王都西方的艾爾特地方了。」

「艾爾特地方？他們跑到這裡來了？」

「好像是。希望他們不要動鎮上的歪腦筋……」

正當席恩要繼續看下去時——

餐廳的門開啟，兩名女性走了進來。

「伊布莉絲，站好，抬頭挺胸走。」

「好懶，好睏……你們不用管我，自己先吃不就好了嗎？」

「用餐要所有人一起用，這是主公的希望。」

「啊……這個規矩還真是溫馨啊……」

一名被凪拉著手，一臉乏力的女性——伊布莉絲拖著沉重的腳步走進來。

她有著一頭灰色的頭髮，以及蜂蜜色的肌膚。她的五官端正，以美女形容並無任何不妥。但她那副毫無霸氣的表情和態度，卻削減了她的美貌。她穿著姑且算是女僕穿的衣服，可是不知是太趕了，還是根本就不想確實穿好，整體來說非常隨便。

「伊布莉絲，妳遲到了。」

「對不起，少爺。我實在不擅長早起……」

她一邊抓著頭，一邊道歉，然後坐上自己的位子。

伊布莉絲基本上是一位不太有幹勁的女性。她怕麻煩，也很懶惰。經常看準女僕工作的空檔偷懶。

「算了。下次要注意。」

見她那副無異平常的態度，席恩只能嘆氣。

接著他移動視線，看向餐桌。

「好了，都到齊了吧？」

雅爾榭拉面露文靜的微笑。

菲伊娜滿臉活潑的笑容。

凪冷峻自若的容顏。

伊布莉絲懶散地用手撐著臉頰。

四名承認席恩是她們的主人而隨侍在側的女僕，全都集合在餐桌前了。

「那就用餐吧。」

他們五個人一起享用早餐，宣告今天即將展開。

早餐過後，女僕們各自開始工作。

雅爾榭拉負責洗衣，菲伊娜負責打掃宅邸，凪負責打理菜圃。

至於伊布莉絲——則是擔任席恩的幫手。

「伊布莉絲，二號書架『魔術的原理與根源』的上下集、十二號『泛用魔術錦集』改訂版。還有放在二十五號書架的艾貝爾．洛因的所有著作全都幫我拿來。」

「啊……好的好的。馬上來，少爺。」

這裡是宅邸的書庫。

伊布莉絲發出懶散的回應後，照著席恩吩咐的順序，逐一從書架上把書拿到席恩身邊。

「嗯，謝謝妳。」

席恩拿起伊布莉絲拿來的一本書，翻開他的目標頁數。

桌上已經擺了好幾本魔術書籍。席恩一邊對照複數魔術書籍，一邊閱讀，並不時動筆抄寫筆記。

埋頭在作業當中一段時間後……

「呼啊……真虧你能大白天的就窩在這裡用功耶。」

伊布莉絲混著呵欠，開口諷刺。

「我光看就覺得背好癢，坐不住。」

「我有什麼辦法？這幢宅邸的收入來源也只有我寫的魔術書啊。」

席恩現在會定期出版魔術書籍賺錢。

不過因為不能亮出本名，所以是用假名。

「說這是什麼話？少爺你根本不缺錢吧？你被趕出王都的時候，國王陛下不是給了你一大筆錢嗎？」

「……是啊。我拿了一大筆——分手費。」

雖說是放逐，席恩也不是身無分文就被逐出王都。

他拿到一筆多到滿出來的金錢。

多到如果是平民，已經足夠活十遭的鉅額款項。

那筆錢除了是分手費，同時也是封口費。

「不准再度和王室扯上關係。」

「不准說是你打敗了魔王。」

「去某個遠地平靜生活。」

席恩認為那應該是一筆飽含切割和厭惡的金錢。

或者——王室只是覺得害怕罷了。

害怕被席恩・塔列斯克憎恨。

害怕這名打倒魔王的少年，有一天會來滅國。

因為恐懼，所以想用金錢來解決一切——

「但我也不光是為了賺錢。研究魔術算是我的興趣吧。」

「我真搞不懂。你已經強到可以打倒魔王了，還想變得更強嗎？」

「強悍不光是變強而已。」

說完，席恩抬起頭，手指著上方。

書庫的天花板有一盞嵌入式的魔石燈，正發出淡淡的光輝。

「就拿魔石燈來說吧。這是一件偉大的發明。以前一到晚上，就只能點蠟燭來確保光源，但現在只要這麼做……」

席恩「啪」的一聲彈響手指，魔石燈的光輝便消失了。

他再彈一次手指，亮光再度灑落。

「可以憑自己的意思，自由自在點亮光線。」

「這就是魔石……也就是魔道具文化吧。」

所謂的魔石，是一種存在於魔物體內，或從充滿魔素的大地當中發掘出的，儲有魔力的特殊礦物的總稱。只要在其中注入魔力，或寫入術式，就能加工成引發各種超常現象的便利魔道具。

「最近這一百多年來，魔術的確一口氣普及到人類的生活上了。」

「魔石燈好在『任誰都能輕鬆使用』。就算是不懂魔術的普通人，也能輕鬆駕馭，接受魔術帶來的恩惠。但話又說回來了，魔石燈還太過高價，只有貴族和有錢人才買得起……如果能更便宜量產，總有一天，或許就能迎接平民也不必害怕夜晚的時代了。」

「那種時代真會到來嗎？」

「一定會。所以我希望自己能幫上忙。就算只有一點點也好，我想幫助全世界的人們，過得比現在更加富裕。」

席恩以正直的眼神說著。

「即使是魔術，只要以這種角度進行研究，也會有新的發現，非常有趣。我過去都是只靠自己的感覺使用魔術，就連研發新的術式，也只想著要給我自己用。但用這種做法發明出的魔術，全都是像我這種天才才能用的東西。」

「這是炫耀嗎？」

「是事實。無法炫耀的事實。我就是所謂的天才對吧？以客觀角度來看，我也這麼想。可是——比起創造一個只有才華洋溢的人才能使用的特殊又強悍的魔術，創造一個任誰都能使用的簡單泛用魔術要困難而且偉大多了。」

「…………」

「現在我在研究的是通訊魔術。現在這個時代，魔術師之間已經能夠用各式方法，和遠方的人彼此交換情報了。我想要把這個技術變成人人都能使用的東西。即使不學習魔術，如果從老人到小孩都能輕鬆和遠方的人對話，就能和分隔兩地的朋友或家人——」

「——我還是無法理解。」

一道冰冷的聲音蓋過席恩逐漸激昂的言論。

伊布莉絲以冰冷而且焦躁的眼神俯視席恩。

「為什麼少爺你要這樣……替那些宛如奴隸的人類如此盡心盡力？」

「咦……」

「說起來，少爺你——不是被人類狠狠地背叛了嗎？」

伊布莉絲說著。

「你明明視死如歸地打倒魔王，拚死拯救人類，卻幾乎沒幾個人知道這件事。你所有的功勞都被別人搶走，現在世間吹捧的什麼勇者、英雄，都是王室捏造出來的冒牌貨。身為正牌勇者的你，卻不許住在村里當中，只能被迫住在這種邊境的宅邸。你過去的豐功偉業全部都被抹消，就算未來成就了什麼偉業，席恩．塔列斯克的名字還是不會留在人類的歷史當中。」

「…………」

「如果我是你，我大概會考慮把人類給滅了。這教我情何以堪嘛。都已經見識這麼多人類的醜惡了，真虧你還會想為了人類打拚。」

「……妳說得對。」

席恩面容沉痛地點了點頭，回應這一席參雜著嘲諷的批判。

「我一開始被逐出王都的時候，的確有這麼想過。我有過一段時期很認真衡量要不要把包括自己的所有生物全都消滅殆盡……可是我現在已經不再去想那種無聊事了。我已經決定好了，如果我不能站上舞台拋頭露面，那就在幕後為了世界、為了人類而活。」

席恩說著。

「雖然我不再是勇者了，我還是想保有勇者的志向。」

「……敗給你了，你真的很帥。」

伊布莉絲露出柔和的微笑，小聲呢喃。

「嗯？妳說什麼？太小聲了，我沒聽到……」

「我是說，你真的很可愛。」

「什……妳、妳說我到底哪裡可愛啦？」

「應該是……全身上下？」

「……可惡。妳走著瞧，我馬上就開發出很厲害的術式，讓妳見識見識！」

「啊哈哈，那我就等著看了，少爺。」

席恩咬牙切齒，伊布莉絲卻是取笑似地低頭看著他。

這時候——

「打擾了。」

雅爾榭拉走進書庫。

「我拿飲料來給您。」

她說完，便將一個茶杯放在桌上。

那是可可牛奶。席恩最愛的飲料。

「這是剛沖泡好的，請小心別燙傷。」

「雅爾榭拉，謝謝妳……哦，真的好燙。」

席恩伸手碰觸茶杯，溫度確實很高。他本想在降溫之前，暫時放置，但……

「席恩大人，請恕我僭越，我幫您讓可可冷卻吧？」

「妳要怎麼冷卻它？」

「就這麼做。」

說時遲那時快，雅爾榭拉拿起茶杯。

接著——開始「呼——呼——」地吹氣。

「什……」

面對她突如其來的行動，席恩完全反應不及。

「請您稍待片刻。我馬上就吹涼它。呼～呼～」

雅爾榭拉稍微嘟起紅唇，繼續吹氣。明明不是什麼下流的舉動，她的動作卻莫名妖豔，讓人產生一股奇妙的悸動。

席恩也不好拒絕，只能靜靜看著她吹涼飲品。這時候——

「呼！」

有個人對著他的耳朵吹氣。

是伊布莉絲幹的好事。

「哇、哇啊啊！」

「啊哈哈，少爺，你未免也太驚訝了。」

席恩滿臉通紅地壓著自己的耳朵，伊布莉絲卻頑皮地笑著。

「你的反應真不錯。沒想到你這麼敏感。」

「妳、妳做什──」

「伊布莉絲，妳這是做什麼！」

在席恩發聲前，雅爾榭拉便早一步語出彈劾。

「不管怎麼樣，妳這樣都太不敬了。不知羞恥！」

「妳太誇張了啦。我只是稍微捉弄他一下而已啊。」

「真是的……我這麼認真吹涼可可，妳居然趁隙做這麼令人羨慕──咳咳！是如此不知羞恥的行徑。」

「而且妳有資格說我嗎？妳還不是一樣，為了用撩人的表情吹涼飲料，所以才會故意送滾燙的可可過來吧？」

「妳……妳在說什麼呀？妳……妳可別故意找我麻煩……」

聽完伊布莉絲的抨擊，雅爾榭拉錯開視線，尷尬地回答。

「……我說妳們兩個，捉弄我也得適可而止……」

席恩以憤怒和羞恥交雜的聲音咬牙說著。他心想，今天絕對要狠下心開口，讓她們見識

主人的威嚴——就在他下定決心的那一剎那……

「——呃！」

席恩突然抬起頭來。

他的表情轉為嚴肅，直盯著書庫的牆面——也就是這幢宅邸的正門方向。

「席恩大人，您怎麼了嗎？」

「……我的結界被打破了。」

席恩不悅地說完，雅爾榭拉和伊布莉絲的表情也跟著凜若冰霜。

這幢宅邸的周圍設有簡易的結界。結界設成沒有一定實力的人，將無法抵達宅邸，會迷失在森林當中，等回過神來，就已經走出森林了。這是為了防止普通人迷路來到這幢宅邸，因此並不是什麼強力的結界。

換句話說——對實力在一般水準之上的人毫無效用。

（所以才讓人介意。居然故意「打破」……）

那只是一道干擾認知，擾亂人的普通結界。如果是普通人，不會察覺結界的存在。如果是具有戰鬥能力的人，只要忽略結界就行了。

但對方現在卻故意打破結界，這個行為代表著明確的敵意和示威。

換言之——這是宣戰。

正當席恩思考到此處。

一道劇烈的破壞聲猛然響遍整幢宅邸。

席恩從宅邸飛奔而出，首先映入眼簾的是——被破壞的庭園。

原本用色彩繽紛的薔薇裝飾的花壁已經碎裂，鋪設工整的石路大大凹陷，就連宅邸一部分的外牆也出現龜裂。

簡直就像用某種巨大的刀刃砍了好幾次一樣——

「這是怎麼了……？」

面對眼前淒慘的光景，席恩驚愕地呢喃。

「小席大人，你沒事吧！」

「主公，您還好嗎！」

菲伊娜和凪雙雙跑過來。雅爾榭拉和伊布莉絲也隨著席恩的腳步來到外頭，當她們看見亂成一團的庭園，全都說不出話來。

「——搞什麼啊？住在這裡的人只有騷貨和小鬼嗎？」

是嘲諷的聲音。

庭園另一端站著一名面容粗獷的男人。

他有著一頭亂髮與滿臉的鬍渣。年紀大約在三十歲上下。身上穿著沾有明顯血痕和汙泥的衣服。他身上揹著一把劍，用布包起來代替刀鞘。

男人的打扮雖然骯髒下賤——手腕和脖子卻戴著耀眼的金色飾品。他大剌剌戴在身上的頸圈和手環，一看就知道是高檔貨。

不對——是一看就知道是贓物，應該這麼說才正確。

「我的名字是加雷爾．傑亞。是小有名氣的盜賊。」

在我方詢問之前，男人就得意地先自報姓名了。

（果然是這樣。）

席恩沒有太多的驚訝。

從對方那身裝扮來看，他已經料想到了。

加雷爾．傑亞。

他是出現在今早閱讀的新聞當中的男人。

粗野的打扮加上完全衝突的金銀飾品，那些想必是一週前從宮殿的寶物庫裡盜取出來的東西吧。

「一個盜賊來這裡有什麼事？」

「哈，我不屑和小鬼說話。可以快去叫你的爹地出來嗎，小少爺？」

見加雷爾嗤之以鼻，席恩不悅地皺起眉頭。

「很不巧……我沒有爹地。我就是這幢宅邸的主人。」

「啥？喂喂，別跟我開玩笑了，臭小鬼。」

加雷爾聳了聳肩。

但他似乎馬上從席恩和其他女僕們的態度察覺不對勁。

「……真的假的。你是哪來的有錢小少爺啊？居然能讓這些美女姊姊服侍你，還真讓人羨慕。」

他露出下流的笑容說道。

席恩則是直瞪著他。

「加雷爾．傑亞，聽說你入侵宮殿，偷了裡面的東西是吧？」

「哦，我做的事也已經傳到這種鄉下地方啦？」

「我聽說你是盜賊團『緋蜘蛛』的首領，你的其他夥伴呢？」

「他們啊——我全殺光了。」

加雷爾若無其事地說。席恩聽了皺起眉頭。

「全殺了……？你嗎？」

「沒錯。殺得一個都不剩。」

「為什麼？雖說是盜賊，不也是你的同伴嗎？」

「是同伴啊。他們都是些好人。可是我們在分贓的時候吵了起來。我覺得麻煩死了，就把人給殺了。」

瞧加雷爾說得一點也不內疚，臉不紅氣不喘，而且反倒有種優越感，席恩心中不禁升起一股近似憤怒的不快。

「哎，我的事根本不重要啦。喂，臭小鬼。如果想要命，就把你有的金銀財寶全交出來。」

「很抱歉，這幢宅邸裡沒有什麼好東西。」

「你少裝傻。我可是聽到消息了。我聽說這間屋子裡藏著數不清的財寶。」

他的口氣莫名肯定。

（……是宮殿裡的人透露的嗎？或是他盜取機密紀錄看過了……？）

席恩的存在是這個國家的機密事項。

既然是機密──那就侷限知道的人知道。

王宮內應該有一筆資料記載著當初付了一筆多麼龐大的封口費，而且那些人也會掌握他現在的住處。畢竟那些驅逐席恩的王族想必比誰都懼怕他這位前任勇者。

（從他剛才的口氣判斷，他似乎沒有連我的身分都知道。可是卻只知道我從王室手中獲取一筆財產……既然如此，想得到的可能性就是——）

「喂，怎麼啦，臭小鬼？說句話啊。」

「……哼。無論事實如何，我這裡都沒有要給你這種盜賊的錢。」

「哈，真是個狂妄的小鬼。妳們也真辛苦，居然得當這種囂張小鬼的保姆。」

加雷爾面帶嘲笑的同時，移動視線看著女僕們。然後宛如鑑定商品般，舔著舌頭逐一看過。

「嘿嘿，都是上等貨色嘛。怎麼樣啊，幾位大姊？別跟著這種小鬼頭，來當我的女僕吧。這種小鬼根本不能滿足妳們吧？如果是我，晚上也能讓妳們爽翻天喔。我會讓妳們一直叫好。」

「我拒絕。」

首先回答的人是雅爾榭拉。她的臉上雖掛著微笑，眼神卻像看著路邊的垃圾一樣，毫無感情。

「能讓我獻身的主人，就只有席恩大人一位。就算天地顛覆，我也不可能侍奉你這種下三濫。」

「沒錯沒錯，我也一樣。」

「嗯，的確不可能。」

「我也是。」

菲伊娜、伊布莉絲、屈也同樣釋出強烈的抗拒。

「嗄哈哈！噢，是嗎？妳們對這個小不點還真是執著。」

明明被拒絕得一乾二淨，加雷爾的表情卻不慍不火，反而一派輕鬆。

是因為輕看席恩他們只是小孩子和女僕，才這麼游刃有餘嗎？

抑或是他有什麼絕招呢？

「既然這樣——」

他維持著咧嘴的笑容，伸手探向背上的劍。

接著握緊刀柄，拿起以骯髒布匹包覆著的劍擺出架勢。

「——要是這個小鬼死了，妳們願意服侍我嗎？」

他緩緩揮動那把劍。劍身上的布匹因此微微鬆動，露出刀鍔的裝飾和劍身上的花紋。

那一瞬間——席恩瞪大了眼睛。

（不……不可能！）

他的心跳頓時加速。

慌張也寫在他的臉上。

（為什麼……這個男的會拿著這把劍？）

若要說他大意，他確實大意了。

因為對方只是區區盜賊就小看他。

認為已經打敗魔王的自己，不可能會比區區盜賊還弱。是他自負了。

因此——他竟忘了。

忘了羅格納王國的寶物庫裡，保管著什麼東西。

但事情還是讓人難以置信。

寶物庫張設著好幾層結界，理應被嚴密保管在最深處的那樣東西，區區盜賊竟能將它偷出來。

「『聖劍梅爾托爾』……！」

就在席恩喊出劍名的瞬間——劍已經揮舞而下。

這件事意味著事情就此結束。

加雷爾只是空揮聖劍一回。只是使出一記橫劈。即使他和席恩的距離有兩間民宅之遠，他還是原地揮劍。

劍劃破空氣，劃破空間。

「糟——」

無論是閃避還是防禦都已經來不及。

下一秒——

一道閃光。

以及一條細線。

席恩的脖子——就這麼被砍下。

一條細線劃入纖細的頸項，頭部和身軀就這麼斷得乾淨俐落。

斷面噴出大量的鮮血，小小的頭顱也滾落地面。

「聖劍梅爾托爾」。

那是遠古時代，眾神還在地上的時候，賜給人類的武器——因古代神祇的恩惠，而能發揮破格威力的祕寶，人們稱之為聖劍。

羅格納王國有代代相傳的三把聖劍。啃食質量的「聖劍薩格勒」，掌管流向的「聖劍利特」。

以及——掌握距離的「聖劍梅爾托爾」。

這是一把又名「間距殺手」的劍，對這把劍的持有人而言，距離這一概念將不具任何意義。

簡單來說——就是視野所見一切都是攻擊範圍。

持有者只要一邊想著要砍殺什麼，一邊揮劍，斬擊就會飛越空間，到達目標物身上。

要比喻的話，就像是拿筆在一幅風景畫上畫下一條線。

能將三次元空間——以二次元形式砍殺的劍。

這把抹消世界一切深度的劍，能將視線所及的一切人事物宛如平面般切開。

「嗄哈哈！臭小鬼，聖劍的威力如何啊！哎呀，你已經聽不見了吧？嗄哈哈！」

加雷爾就這麼單手拿著「梅爾托爾」，高聲笑道。包覆在劍身的布匹剝落，露出繪有精緻圖樣的刀身，以及裝飾華美的刀鍔。

非常美麗而且神聖。

這就是聖劍原本的樣貌，也是一把符合「聖」字的劍。

「天啊，真是過癮。只要有這把劍，我就是無敵的！」

加雷爾就像被什麼東西附身般，以危險的眼神看著美麗的刀身。

他也用這把聖劍殺光曾是同伴的「緋蜘蛛」黨羽。

因為他覺得不再需要那些人了。

只要有這把劍，他根本不需要同伴。

他可以獨享所有功勞和各樣戰果。

他已經無所畏懼了——

「怎樣啊，大姊們！妳們的小不點主人已經慘死了喔！如果不想落到一樣的下場，就乖乖來當我的女僕吧！」

加雷爾以忘卻恐懼的眼神，還有彷彿掌控全世界的狂妄態度，對女僕們高呼。然而——

「——噫！」

當加雷爾回過神來，他已經跌坐在地上。一股顫慄流竄全身，讓他產生彷彿心臟被人直接掐住的錯覺。

是恐懼。

過去從未品嚐過的壓倒性恐懼，將他整個人釘在地上。就連下定決心不會再放手的聖劍，也在不知不覺間落地。

「啊……啊啊……」

他像隻魚一樣，嘴巴一開一闔，驚愕地看著幻化為異形的四名女性。從她們身上散發出的魔力太過巨大、太過不祥，有著只要站在原地，就足以汙染世界的邪惡。

「人渣……你竟敢……竟敢將席恩大人……！」

原本漾著溫良賢淑微笑的女僕——化為惡神的面貌。她的頭上長出宛若山羊般螺旋狀的

角，腰間長出令人聯想到烏鴉般漆黑的羽翼。一股足以扭曲空間的龐大魔力與殺氣一同灑在空氣之中。

「呼——呼……！」

原本有著開朗笑容的女僕——透出豺狼般猙獰的目光。她的頭上冒出類似狗或狼的耳朵，臀部生出一條大大的尾巴。她戴在手上的手套已經破裂，露出利爪。狂暴的氣息從嘴角隱約能窺見的巨牙間流洩出來。

「……看我宰了你。」

原本散漫的女僕——飄散出一股宛如永凍土般冰冷的殺氣。灰色的頭髮因為高漲的魔力膨脹，原本藏在髮絲間的耳朵尖端已經尖銳變長。

「你這下三濫……！下地獄懺悔自己的罪過吧……！」

原本沉靜的女僕——如今身上圍繞著凶猛的惡鬼之氣。她的頭上長出兩隻角。角長在瀏海之間，根部是黑色，越往前端去，顏色就越像血染過一般，是鮮豔的朱紅色。她蹲低身體，手抓著腰間的佩刀，利用手指推刀出鞘。

四人四種面貌——不，應該說四妖四種面貌。

女僕們各自幻化為不同的異形——

（她……她們是怎樣……！是、是魔族嗎……？）

加雷爾因未知的恐懼而退卻。

看見她們不祥卻神聖的姿態，讓加雷爾想起從前聽過的一個情報。

（我記得……我有聽過傳言。兩年前死掉的魔王——有四個最強最凶殘的人隨侍在側，人稱「四天女王」。）

生來就能統帥魅魔的魅魔女王——「大淫婦（巴比倫）」。

有一身宛如啃食了太陽般耀眼的體毛的傳奇人狼——「金狼（瑪納加爾姆）」。

詛咒神明，墮落到漆黑暗影中的森林精靈——「闇森精（黑暗精靈）」。

支配東方諸國，位於魑魅魍魎頂端的一族——「鬼」。

她們都是傳說級別的超高階魔族。

人稱這四個惡名昭彰的女魔族為「四天女王」，她們和魔王一樣，為人類所懼怕。

「噫……噫噫……為、為什麼……魔王的親信會在這種地方……」

接觸到她們四人暴虐般的魔力後，加雷爾的戰意已經絲毫不剩。那張被恐懼支配的臉龐，彷彿一口氣老了十歲一樣。

然而，即使見他已經如此窩囊，四名女僕的憤怒還是沒有消停。

面對軟腳在地的敵人，她們釋出狂暴的殺氣，就要採取攻擊——但就在她們動手的前一刻。

「冷靜點，妳們幾個。」

有聲音。

四名女僕的動作因為一道稚嫩少年的聲音停止了。

「沒什麼好大驚小怪的。只不過是——頭被砍下來而已。」

聽見這道響徹周遭的聲音，加雷爾驚慌失措地觀望四周。

「不可能……為什麼那個小鬼的聲音——噫……嗚哇啊啊啊！」

加雷爾原本就已經落入恐懼的深淵，現在又有一股更大的恐懼席捲而來。

他在那裡。

剛才他殺死的少年——被稱作席恩的少年還在。那道聲音毫無疑問是從少年的口中發出。

只不過——

是從滾落在地上的少年的頭顱口中發出。

「哎呀哎呀……我太大意了。」

僅剩頭顱的少年若無其事地開口說著話。

「雖說是『聖劍梅爾托爾』的攻擊，沒想到我連那種程度的攻擊都閃不過。看來這兩年遠離戰鬥，讓我的感官變遲鈍了。加上……」

自從**身體變成這副德性**後，更是如此。

看來我的危機感和防禦意識已經弱化了。

少年如此說著。

席恩的頭部彷彿自言自語般地不斷張嘴。少年的身體不知何時來到頭顱旁邊。沒了頭顱的身體一派輕鬆地撿起頭部。

他就像鋪設磚瓦那般輕鬆，將頭顱放在頸部的斷面上——須臾之間，頭部和身體就這麼接合。纖細的頸項上未留一絲傷痕。

席恩一邊摸著脖子，一邊看向女僕們。

「如妳們所見，我沒事。所以妳們也收起怒氣。對我來說，這點程度連擦傷都算不上。」

「我原本就不認為您會被那種程度的賊人所傷。但是他竟敢攻擊您，甚至……將利刃刺入您美麗白皙的極致嫩肌中……！這是萬死難辭其咎的重罪！」

「主人受到威脅，我們可沒有乖巧到默默在一旁觀看。」

「哈，這和少爺無關，我只是看那人類得寸進尺，覺得滿肚子火。」

「既然有人對主人釋出敵意，身為忠臣，自然不能默不吭聲。」

「席恩大人，我們饒不了傷害你的人。所以請您……原諒我們現出如此醜態。」

「……妳可別誤會了，雅爾榭拉。其他三個人也是。」

席恩開口了。

「我不覺得妳們原本的樣貌醜陋，一次都不曾想過。我反而覺得很漂亮。」

「席恩大人……」

「可是放任怒氣不管，只顧著驅使力量……這我不太能認同，呃……所以，該怎麼說呢……就是……」

席恩忸忸怩怩，臉頰微微泛紅，接著說：

「我……我……比較喜歡妳們笑的樣子。」

女僕們個個啞口無言。

「可惡，別讓我說出這種話啊……」

席恩害羞地抓了抓頭。

女僕們驚訝地待在原地沉默不語——最後，氣氛驟然改變。

原本遍布在周圍的殺氣和魔力消失得一乾二淨。

幻化成異形的四名女性在一瞬之間變回人形了。

「喜、喜喜、喜歡……？席恩大人說他喜歡我……？討厭，怎麼會……啊啊……不行……我已經站不住了……」

「嘿嘿嘿，哎呀，討厭啦，小席大人真可愛！是噢是噢，原來你這麼喜歡我啊～」

「雅……雅爾榭拉，妳不要軟腳！菲伊娜也不要黏著我！」

「唉～真是一場無聊的鬧劇。那我先稍微躺著休息一下。」

「唔……主公……像屬下這種不成熟的人實在承受不起您剛才那番金口玉言……」

「伊布莉絲，不准睡！凪也別哭了！」

現場頓時吵鬧不堪。

結束和女僕們吵鬧的一來一往後，席恩大大吐出一口氣。

「受不了……妳們這群人一直都是這副德性……」

他首先嘴上輕聲抱怨。

接著往癱坐在地上的加雷爾走去。

「讓你久等了。」

加雷爾以因恐懼而不斷抖動的眼眸仰望輕描淡寫開口的席恩。

「你、你、你到底是什麼東西……?你……你是什麼人?」

「我是怪物。」

這道聲音蘊含著偌大的寂寥。

「兩年前打敗魔王的時候——我就被詛咒了。想死也死不了,不死之身的怪物……勇者最後的末路,就是我這樣。」

兩年前——

席恩以勇者的身分戰鬥著。

他一邊率領勇者的小隊,一邊持續和魔王率領的軍隊戰鬥。

最後他闖進魔王城,和身為魔王親信的「四天女王」展開激戰,在同伴一個一個倒地的情況下,他還是一個人持續戰到最後——

死鬥的結果,他終於成功討伐魔王。

然而——

他笑了。

他確實笑了。

魔王在被席恩殺死的瞬間，笑得非常開心——

「你打敗了魔王……什……什麼？你少鬼扯。兩年前打敗魔王的是列維烏斯吧？是勇者列維烏斯替我們打敗了魔王才對吧？」

加雷爾直說席恩是在鬼扯。

沒錯，這才是世界的常識。

打倒魔王的是——列維烏斯．貝塔．瑟蓋因。

他是出身於名門貴族世家的人，有著一張精悍臉龐的美青年。

大多數的人類都深信是他拯救了世界。

「列維烏斯……是誰啊？」

「是那個人吧。我記得他倒在魔王城的入口。是個只有臉蛋還算好看的男人。」

「我想起來了，經妳這麼一說，是有這個人。我記得小席大人為了保護他，好像用轉移魔術把人送到附近的城鎮了？」

正如菲伊娜和伊布莉絲所說，列維烏斯原本是和席恩同隊的其中一人。他是個優秀的劍士，不過在魔王軍的猛攻之下敗北。是席恩在他將死之前，讓他脫離了戰線。

眾人知道席恩身上的詛咒後——另外捧出的假勇者就是他。

他對王室而言，大概是一個很好用的存在吧。既是名門貴族出身，外表也無可挑剔。身為和平的象徵，沒有比他更好的冒牌貨了。

這個國家的每個人民都愛著列維烏斯，希望他的言語能給予自己方向。

「……『聖劍梅爾托爾』嗎？」

席恩撿起落在地上的劍。

「好懷念。這把劍——是我以前使用的東西。」

「你……你在說什麼啊？這可是勇者用過的劍啊！是打敗魔王的傳奇武器！也是列維烏斯愛用的劍，所以我才會偷它——」

「我剛才不是說過了嗎？打倒魔王的人是我。」

「……是……真的嗎？真的……是你這種乳臭未乾的小鬼把魔王……」

加雷爾瞪大了驚懼的眼眸，一愣一愣地看著席恩。

「既然這樣，你怎麼會……住在這種地方啊！既然是打倒魔王的勇者，不管是錢、名聲還是女人，全世界都操之在你吧！你沒有變成人類的英雄未免也太奇怪了吧？就像如今的列維烏斯那樣！像你這種人，為什麼會隱居在這種偏僻的鄉野間啊！」

「這個問題的答案——你很快就會親身體會了。」

「你、你這是什麼意——！嘎……啊……」

加雷爾突然痛苦地壓著胸口。他的臉色蒼白，氣息紊亂。他就像全身都沒了力氣一樣，往前倒在地上。

「嗯……因為有聖劍加護的關係嗎？效果稍微遲緩了一點。」

「呼……呼啊……呼……臭小子，你做了什麼……」

「**我什麼都沒做**。就是因為我什麼都沒做，所以才極為麻煩。」

席恩拋出唾棄般的言語。

「魔王給我的詛咒，不只是變成了不死之身。吸精、能量掠奪……你喜歡哪種說法都行，總之我只要站在原地，就會侵蝕周遭生物的生命。我就是變成了這種怪物。」

「能量……掠奪……」

「不管我多努力壓抑，還是不可能完全抑制住。即使有辦法削弱，也無法消滅這份力量。若是現在的我與人群居——只要一個月就能毀了一個城鎮。」

「……呃！」

「這種怪物根本當不了勇者。」

打倒魔王後——

將席恩送往戰場的王室原想把這位少年當成至高的英雄予以歡迎——然而當他們知道有詛咒的瞬間，便露骨地翻臉不認人了。

有些人忌諱嫌棄，有些人謹小慎微，有些人對他這個怪物逢迎拍馬。

最後上頭下達的命令是——我們會另外找人當作是他打倒魔王，你就滾到遠處去吧。錢我們會給，你就去一個沒人的地方，不要給人添麻煩，自己生活吧。

這道命令——席恩接受了。

除了接受之外，他也別無選擇。

「噫……噫！住手……別……別過來！嗚……啊啊……」

加雷爾發出慘叫，拚了命想逃走。但他卻站不起來。

因為他的體力、魔力，還有各種生命力，都正持續被奪走。

席恩緩步向前。

他稚嫩的臉龐上——沒有任何情感。

他以冰冷到讓人毛骨悚然的眼瞳，以俯視不值一提的生物的眼神，看著這個像毛蟲一樣蠕動的男人。

「我……我、我錯了！是我錯了！還……還你！不管是聖劍還是寶石，我從宮殿偷出來的東西全都還你！所以拜託你，饒我一條命……」

「嗯……你好像誤會什麼了。」

面對這名流淚乞命的盜賊，席恩冷冷地說著：

「你入侵宮殿偷盜，根本不關我的事。畢竟王室把我趕出來，事到如今我也不必對他們講求人情道義。」

「……我……我知道。我也很抱歉砍了你的頭——」

「不對。我剛才已經說過了，那點程度連擦傷都算不上。」

「那你到底……」

「你不懂嗎？」

席恩語帶焦躁地說著，抬起頭來環視了庭園一回。

庭園已經在「聖劍梅爾托爾」的斬擊下，變成一片荒園。

那一記攻擊大概沒什麼意義，只是用來代替打招呼而已。但因為他那無趣的示威行為，宅邸的庭園落得如此淒慘的下場。

席恩拾起散落在腳邊的一朵薔薇花。原本開得綺麗的花瓣，現在卻因為那道殘忍的斬擊，就快從花株上脫落。

「……這些薔薇花是雅爾榭拉每天負責照顧的。她看書，拚命學習栽培方法……才終於開出漂亮的花朵。」

席恩很不甘，似乎真的很不甘地吐出隱藏著強烈怒氣的言語。

「宅邸的外牆原本已經斑駁，是菲伊娜負責修繕，重新上漆的。她好幾次都想在上面畫上奇怪的塗鴉，是我阻止她的。那邊的石路是伊布莉絲一邊抱怨，一邊鋪好的。她明明是個偷懶魔人，可是一旦開始做了，就會做到徹底。另外這片庭園，是瓜每天打理菜圃時順便除草，所以才沒有生長雜草。你有聽懂嗎，加雷爾．傑亞？」

席恩開口說道：

「你一時興起破壞的東西——是我的家喔。是我和我的家人拚命建立好的家。」

和她們開始生活——是在一年前。

一年。

只有短短的一年。

即使如此，對席恩來說，卻是印象深刻的一年。

被自己一手拯救的人類背叛，所有容身之處都被奪走，對少年而言，這四個人的存在是他的救贖。

她們把自己從地獄般的孤獨中拯救出來——

「破壞我家的罪過，就用你的命來償吧……！」

席恩用平靜卻蘊藏滾燙憤怒的聲音說著，然後踏出一步，縮短自己和敵人的距離。

接著——摘下右手的手套。

少年顯露在外的手背，刻著一抹不祥且漆黑的圖騰。

「……這隻奪走了魔王性命的右手，詛咒尤其嚴重。只要用這隻右手直接碰觸——任何生命都會在一瞬之間死絕。」

「嗚……啊……啊啊……」

加雷爾因為恐懼與吸精的效果，別說抵抗的力量了，就連慘叫的力量也已經不剩。

即使如此——席恩還是沒有罷手。

他將手擺在自己認定為敵人的男人眼前。

接著解放——平常拚死壓抑的詛咒，也就是強制剝奪周遭生命為自己所用的能量掠奪。

沒錯。

這不是招式，什麼都不是。

既不是經過鍛鍊的武術，也不是經過研究發展出來的魔術。

不用出力。

不用使勁。

只要——放鬆就行了。

既非招式，也非魔術，真要說的話——只是一種單純的生態。

對現在的席恩而言，就像緩緩深呼吸一般——

「——『真呼吸（No breath）』。」

這個地方只有席恩和雅爾榭拉兩個人。

「我依照您的指示，將加雷爾．傑亞扔在路上了。包含聖劍的所有贓物也已經回收完畢，請問該怎麼處理呢？」

「丟在倉庫之類的地方就行了。只要送一封信出去，王室自己會過來回收。」

「我明白了。可是席恩大人——不殺死那個盜賊真的沒關係嗎？」

「…………」

「到頭來，您的右手只差一點才碰到他。」

「我只是覺得沒有殺他的價值。他的生命力已經被我剝奪到垂死狀態，魔力和身體能力至少要花五年才能恢復。他已經沒辦法再當盜賊了，打架應該也打不贏小孩子。我認為他付出這樣的代價就很夠了。」

「但是……他已經是瀕死狀態，若是棄之不顧，萬一被夜盜或魔物攻擊，就沒有能力應付了。」

「但他也沒有讓我特地給活路的價值吧？」

儘管嘴上說得篤定，席恩的眼裡卻搖曳著不安。

「……我是不是很無情？」

如果是以前的自己——如果是被人稱作勇者的自己。

如果是那個還堅信著世界很美麗的自己。

即使面對那個差點殺了自己的男人，也不會放任瀕死狀態的他不管。他的本質應該不是壞人。他一定有淪落為盜賊的悲慘過去——或許席恩會心懷這種高姿態的同情，想盡辦法讓對方重新做人。

但不管怎麼努力，現在的他就是興不起那種心情。

雖說對方是重罪犯，但他明明差點殺了一條人命，心中卻沒有多少感傷和後悔。他冷靜到簡直殘酷的地步。

是因為遭到王室可笑地翻臉不認人，又窺見人類醜惡的關係嗎？

或者——是因為魔王下的這個詛咒，讓席恩連心也逐漸墜入魔道呢？

「不，您也點也不無情。」

雅爾榭拉說道。

她似乎察覺到席恩的想法，以輕柔溫和的聲音開口：

「我認為您簡直溫柔過頭了。」

「是嗎？」

「是呀。因為您——連曾是敵人的我們都願意幫助了。」

「…………」

「我們『四天女王』在敗給你這位勇者的當下，理應遭到魔王處刑。但拚死保護我們的人，就是您啊。」

「……的確是有這件事。我好像好幾次都差點被身為『四天女王』之首的妳殺死。」

「我……我可不記得喲。席恩大人是我最敬重的人，我才不可能做出傷害您的行為呢。」

見她明顯心生動搖，席恩不禁竊笑。

剛開始——他們是敵人。

無論雅爾榭拉、菲伊娜、伊布莉絲、凪都是。

她們都是阻擋在席恩面前的強悍敵人，雙方進行了好幾次廝殺。

在闖入魔王城的最終決戰當中，席恩雖然戰勝「四天女王」——沒想到魔王竟想殺了她們幾個。

席恩無法原諒。

那位魔之王者竟輕輕鬆鬆就想殺死自己的同伴。

所以席恩挺身保護了她們，然後直接與魔王刀刃相向。

「魔王死去，魔王軍潰敗。我們在魔界和人界都失去居所，您卻給了我們女僕這一新的職責。您真的……太過溫柔了。」

她的言語中漸漸交雜著一股熱度。

「我雅爾榭拉已經做好覺悟，要將這條被您救回來的性命全獻給您。請您允許我永遠隨侍在側。」

「……是嗎？嗯，是無所謂啦，可是……」

席恩說著說著，開始環視四周。

充滿熱水蒸氣的這個地方——是宅邸的浴室。

「我……我們真的有必要一起洗澡嗎？」

席恩現在就在浴室裡，讓雅爾榭拉刷背。

雙方當然——都沒有穿衣服。席恩只在腰上圍著一條毛巾，雅爾榭拉也是從胸部開始用一條大毛巾往下蓋著的狀態。然而在更衣室裡已經可以稍微窺見的暴力肉體，只用一條布可無法掩蓋。

真不愧是生來就是魅魔女王的「大淫婦」。

那副能讓全世界男人光用視覺就升天的極致女體，可不是一個年幼少年有辦法直視的東西。

「我一個人也有辦法洗澡啊。」

「您說這是什麼話！」

身在背後的雅爾榭拉大呼一聲。

「保持主人身體潔淨是女僕的職責。根據我的調查，王公、貴族還有身分高貴之人，他們入浴時都有僕人隨侍在側呢。」

「真……真的嗎？」

「是的，書上有寫。所以未來我們四個人會輪流幫您洗澡。」

「妳又來了……盡信書裡的知識。」

「……我也沒辦法呀。」

瞬間，女人的聲音轉為低沉。

「我只是個……冒牌女僕。我根本沒受過專門教育……在來到這幢宅邸前，我是個沒做過洗衣、烹飪，雙手沾滿鮮血的女人。我只是個冒牌女僕，只知道模仿書中的知識，來服侍您。」

「雅爾榭拉……」

席恩為自己的失言感到可恥。她只是想表現得像一個人類女僕。他身為魔王軍的幹部，是個擁有無數屬下的高階魔族，如今卻拚了命想學人類的一舉一動。

這一切都是為了席恩。

「……雅爾榭拉，妳不要說這種話。別說自己是冒牌貨。要是妳這麼說的話……我也只是個冒牌主人。我出身卑微，既沒有地位也沒有名譽。甚至……」

席恩看向自己的右手。

那道印在手背上頭的可恨印記。

他覺得這兩年來，那道印記稍微……真的是稍微的程度，大了那麼一點點。

「我是個害怕這份詛咒，晚上一個人也睡不著的窩囊主人。」

當他承受詛咒，被趕出王都，流落到這幢宅邸的時候——

他覺得夜晚無比可怕。

他害怕自己的意識中斷。

詛咒會不會在自己睡著期間變強？詛咒會不會取代他，讓他身心都變成一個完全的怪物？——這樣的恐懼銘刻心中，讓他沒有一天睡得好。

可是。

「可是——我最近睡得很好。」

席恩說道。

「我想這是因為有妳在，有其他人陪著我的關係。」

「席恩大人……」

這時候背後那雙手伸了出來。雅爾榭拉纖細的手覆蓋在右手——也就是咒印之上。她將手指交疊在一起，然後握緊它。席恩原本反射性要抽回自己的手，但交纏的手指卻不許他這麼做。

「不……不行。我現在沒戴手套……」

「沒事的。」

雅爾榭拉溫柔地擁著慌張膽怯的席恩說道：

「我們接受了您的血，成為您的眷屬，所以詛咒對我們沒有影響。就算這樣直接碰觸，也不會有問題。」

「……可是我不知道詛咒什麼時候會越來越強。未來可能會超越眷屬契約——」

「放心吧。」

雅爾榭拉重複說著。

「今早我不是也說過了嗎？無論是我觸碰您，還是您觸碰我，我一點都不覺得討厭。反而……會有更深的憐愛。」

聽見這句讓人恍惚的甜蜜言詞，席恩陷入沉默。

他反過來緊緊握住那隻放在自己手背上的手。

女性纖細的手與少年嬌小的手握在一起。

「妳的手好溫暖。」

「您的手也很溫暖呀。」

「……我希望我未來也能像這樣繼續活下去。」

席恩不經意地開口呢喃。

「我們可能真的是冒牌貨。冒牌的主人和冒牌的女僕……可是就算這樣，也不代表我們就比不過正牌貨。說不定，我們都能變成比正牌貨還要出色的冒牌貨。所以我未來也想和妳們一起——」

話說到此處，席恩突然回過神來。

「我……我說了令人害臊的話。忘了吧……」

「…………」

「雅爾榭拉？喂，雅爾榭——呃！」

一陣突如其來的暖意。

身在背後的雅爾榭拉突然抱緊了席恩。席恩的背部傳來兩個巨大且柔軟的觸感，讓他不禁漲紅了臉。

從那逼真而且直接的觸感來看……她的毛巾應該是掉了。

「呃……什！」

「討厭……席恩大人，您真是狡猾。您說出這種話，豈不是會讓我再也按捺不住嗎……！」

蘊含熱度的言語挑逗著耳朵。

魅惑人的酥癢聲調讓席恩產生全身上下都被撫摸過一遍的錯覺。

「放、放手……放開我……！」

「啊嗯……請您不要亂動。對了，我看就用我的身體，直接在這裡侍奉您如何？讓我們全身沾滿泡沫，肌膚和肌膚互相重疊……」

「那是什麼洗法啊！」

「書上有寫呀。」

「那絕對是什麼下流的書吧！」

雙方全身密合在一起，開始嚷嚷叫鬧——就在這個時候。

「啊！你們果然在做色色的事！」

菲伊娜的身影出現在浴場入口。

她身上只圍著一條毛巾。毛巾幾乎勾勒著她的身體線條。

見有人突然闖入，雅爾榭拉急忙放開席恩。

「菲、菲伊娜，妳這是做什麼？」

「我想說，我也要一起洗，然後服侍小席大人。」

「不是說好今天輪到我的嗎！」

「因為妳很詐啊。侍寢的時候也是這樣，妳自作主張說什麼『就讓我這個女僕長來打頭陣』，就這樣直接決定好順序了。」

「那……那是因為……」

「所以了，我們決定今天大家一起洗，然後好好地侍奉小席大人！」

說完這句充滿謎團的宣言後，剩下兩個人也從菲伊娜身後露臉。

當然了，她們身上都只裹著毛巾。

「好了啦，妳快點出來，凪。妳到底要害羞到什麼時候啊？」

「別、別鬧了……唔！為什麼妳們都能這麼冷靜啊？居然要我在主公面前袒胸露背……我、我會丟死人的……！」

「受不了，凪還真是純情耶。妳好歹也學學那兩個色女嘛。」

「誰是色女呀！」

「我才不是色女，我只有對小席大人才會這麼不檢點。」

「妳這不是很有自覺嗎？」

「追……追根究柢，我又不像妳們幾個有著男人看了會高興的身體。我怎能讓主公看到這麼窮酸的身體……」

「屁，妳可不能這麼看不起自己喲。妳非常美麗。妳的身材纖細優美，我覺得是非常有魅力的身體。」

「……雅爾榭拉，就算妳對我說這種話，我也只覺得是種諷刺。」

「啊～的確。」

「巨乳妖怪的確不會懂貧乳的心情。」

「誰……誰是巨乳妖怪啦！」

就這樣，集結在浴場的四名女僕持續進行著猥褻的對話，但——

「……呃，奇怪？小席大人呢？」

因為菲伊娜發出的這一聲，她們紛紛四下觀望。

但就是找不到人。

浴場不論哪個角落，都沒有席恩的身影。

這是當然的。

因為席恩他——看準了一瞬間的空隙，已經從浴場逃走。

「……誰有時間陪妳們在那裡耗啊？蠢女僕們。」

席恩手裡抱著換洗衣物，從更衣室跑到走廊。

「啊！找到了！我找到小席大人了！」

四名女僕接連從更衣室飛奔而出。

「席恩大人，你的身體還沒洗乾淨呀！」

「哼哼，你有辦法從大姊姊手上溜走嗎？」

「屈，快點，走了。」

「等、等等……啊！毛、毛巾掉了！我的毛巾掉了……！」

半裸的女僕們追著半裸逃竄的主人。

這幅光景實在不像一段正確的主僕關係。

他們是冒牌的——但搞不好比正牌貨還要幸福。

這就是他們的主僕關係——

第二章 前任勇者的武藝退步了

Genius Hero and Maid Sister.

從前，惡夢是他日常生活的一部分。

兩年前——討伐魔王後。

對返回王都的席恩而言，惡夢才是他的日常生活。

比起位在魔界深處的魔王城——比起那座設滿了殘忍陷阱、埋伏許多凶暴魔族的敵人根據地，盡是熟人出來迎接自己的王城更像是地獄。

——「就算打倒了魔王，他那個樣子也……」「喂，我們還要把那種東西放在城裡多久啊！」「唉唉……我總覺得今天身體不太舒服。一定是那孩子就在附近的關係。」「快用封咒的木樁釘住他的手腳，然後把人關在結界裡面！反正他是個怪物，不用對他客氣！」「所以我當初才說，我反對讓那種出身卑下的孩子擔任勇者！」「他真的是因為打敗魔王才被詛咒的嗎？我看他生來就是個怪物吧？」「誰教他明明只是個小鬼，卻強得過分嘛。」「我一開始就覺得那個小鬼很不妙了。」「用結界壓抑也快到極限了……應該儘早把他逐出王都……不對，是逐出國外。」「拜託你快滾吧，怪物。」「應該要拜託他快點去死吧？只要他死了，一切問題就解決了。」「對了，我們對外宣布他和魔王同歸於盡不就好了？」「聽說他的再生能力很強，自殺也死不成……真是夠了，好一個派不上用場的勇者。」

厭惡、憎恨、嫉妒、毀謗、中傷、侮辱、抱怨、歧視、嘲笑——

少年打倒了魔王，拯救了世界。但在前方等著他的卻是，笑著送走自己的人們演出的一場絕地大反攻。

（啊啊……這樣啊。）

這裡是王都的地下牢獄。

人們想盡辦法要封住席恩身上的詛咒，於是把他關在張設了好幾層的封印結界中，並用木樁將他的雙手釘在牆壁上。

這名年幼的英雄以彷彿受到磔刑的姿態靜靜地想著。

（出身卑微，又沒有家人……王族之所以對身為孤兒的我溫柔，是因為我派得上用場嗎？）

因為他有利用價值。

因為他有可能打敗魔王。

所以他們極盡稱讚之能，巧言令色，把他拱成「勇者」，讓他去討伐魔王軍。

然後現在——因為他沒用了，所以開始迫害。

這個道理淺顯易懂到幾近殘酷。

——「宮廷魔術師他們的封印結界也沒辦法完全封住他的能量掠奪對吧！要是害陛下的身體出事，那該怎麼負責！」「夠了，算我拜託你們，快點把他趕出去！一想到那種怪物就住在這麼近的地方，我就快瘋了！」「……抱歉，席恩。你要諒解。我們說這些話都是為了你好。」「這是為了你好。你應該也……不想讓陛下和百姓受苦吧？」「他總算滾蛋了嗎？清淨多了。」「啊啊，我總覺得空氣有股芳香。」——

他被攆出王都後，活得就像個死人一樣。

他盡可能遠離有人的聚落，就這麼持續流浪著。

他好幾次都想一了百了，但這副受了詛咒的身體，不管受到多重的致命傷，依舊會立刻再生。

無論割開多少肉、斷了幾根骨頭、流了多少血，還是一點意義也沒有。

想死也死不了，不死的怪物——即使如此，他卻像個普通人類一樣，肚子會餓，口會渴，晚上會睏。

席恩他——最怕的就是睡覺。

下次醒來時，他會不會就此變成失去自我的怪物呢——這樣的恐懼時常掐住他的心。

更令人崩潰的是——一閉上眼睛，他就會想起在王都遭遇的罵聲，還有彷彿看著忌諱怪物的眼神。那些硬是塞到眼裡的人之醜惡，已然烙印在腦海，揮之不去。席恩本想守護的人類不只沒有保護他，反而迫害他。

我到底是為何而戰呢？

應該打倒的——或許不是魔王，而是人類。

孤獨的思緒染上一抹黑，他的心隨著黑夜逐漸混濁。他覺得他的心越是墮落——魔王的詛咒就越發強烈。

所以睡眠讓他感到無比恐懼。

可是。

現在——

「——你醒了嗎，少爺？」

一睜開眼睛，他的身旁就躺著一名褐色肌膚的美女。

她是伊布莉絲。

昨晚負責侍寢的她，臉上浮現一抹頑皮的笑容，直盯著席恩。

「早……早安，伊布莉絲。」

「少爺早……是說，你幹麼還害羞？」

伊布莉絲面露苦笑，對滿臉通紅的席恩說道：

「真是的……我們都已經同床共枕多少回了，請你差不多也該習慣了。你每次都紅著一張臉，豈不是害得我也跟著不好意思嗎？」

「我……我才沒有害羞！」

席恩一邊拚死吼著否定的話語，一邊坐起身子。

其實他很害羞。他直到現在還無法習慣早上一醒來，身旁就躺著一名漂亮姊姊的狀況。

席恩重新調整好心情，清了清喉嚨後說：

「不過……今天還真是稀奇。沒想到妳居然比我還早起。」

「啊……好像是今天剛好清醒過來了。」

伊布莉絲坐起身子，「嗯」的一聲，伸了伸懶腰。因為挺起胸膛的關係，胸部提起她的睡衣。面對這副煽情的模樣，席恩急忙錯開視線。

「好了，那我們起床吧。不知道今天輪到誰做早餐。」

「……伊布莉絲，妳都不會對我做什麼呢。」

見她就要走下床，席恩一愣一愣地說著。

「什麼？這是這麼意思？」

「沒有啦，就是……雅爾榭拉和菲伊娜陪我睡覺的時候，在我下床之前，大多會折騰好一陣子。」

面對會頻繁展開肢體接觸的她們兩人，在下床之前總是要先來一場騷動，讓席恩經常一大早就開始精神耗弱。相較之下，伊布莉絲不管是就寢還是起床，都顯得較為乾脆。

其實席恩並不是覺得哪一種比較好，只是順其自然將心裡所想訴諸言語罷了。不過……

「……哎呀哎呀？」

有個人笑了。

伊布莉絲勾起嘴角，露出不懷好意的笑容。

「難道說——少爺覺得不滿？就因為我都不對你做什麼下流的事。」

她原本就快下床，卻迅速轉身，趴在床上。她強調胸前的事業線的同時，一口氣縮短與席恩的距離。

「呃……什……」

「真是看不出來。少爺長得一臉認真樣，內心果然也是個男人啊。」

伊布莉絲靠近全身僵硬的席恩身邊，在他的耳際小聲呢喃：

「你這個色狼。」

「——唔！」

席恩的背脊傳來一陣顫動。

一股無以名狀的羞恥就這麼支配全身。

「如果少爺有希望我做的事，儘管開口沒關係喲。怎麼樣？要先揉揉我的胸部嗎？」

「……別、別這樣，傻瓜！別做這種不檢點的行徑！」

「啊哈哈，是嗎？那真是抱歉。」

伊布莉絲一邊呵呵笑著，一邊離開席恩。

從緊張當中解放的席恩這才大大吐出一口氣。

（可惡……我又被捉弄了。為什麼我總是這樣，成天被女僕們玩弄在股掌之上呢……）

他的腦中此刻填滿了被人玩弄而產生的不甘、對自己感到窩囊，以及這名年長女僕直逼眼前的雙峰——詛咒一事已經完全不知去向。

生活吵鬧得讓憎恨世界變成一種蠢事，匆忙得讓他忘卻不斷折磨著自己的詛咒。

這樣的每一天，就是席恩現在的日常生活。

早餐過後——

席恩和雅爾榭拉兩人來到宅邸的地下室。

在這個五平方公尺的空間內，室內四個角落各立著四根將魔石加工後做成的柱子。

室內的地板上——畫有一道偌大的魔法陣。

魔法陣的紋路精緻又複雜，就這麼畫在整面地板上。

這裡原本是拿來放東西的倉庫，但席恩卻將它改造成儀式場地。

「好了。」

調整並確認好魔法陣後，席恩對雅爾榭拉說道：

「那我們就開始進行儀式吧。」

「好的。」

雅爾榭拉靜靜地點頭，移動到魔法陣中央。

接下來要進行的儀式——是眷屬契約的儀式。

四位女僕都是透過攝取席恩的血液訂立契約，進而成為席恩的眷屬。

攝取血液會同時接收魔力，利用這一點，讓她們的魔力波長貼近席恩，進而消除能量掠奪的影響。

「席恩大人，您真的很厲害。」

雅爾榭拉感觸良多地說著。

「即使面對魔王的詛咒這種未知的現象，您還是想出了解決之道。」

「……這根本不算解決之道。頂多只是藉由眷屬化，暫時模糊詛咒的焦點罷了。所以我們才要——像這樣定期給血。」

魔王的詛咒。

儘管席恩一直有在研究，至今依舊未有明確的解決之道和解咒的方法。

這份詛咒會侵蝕周遭一切生命，但只有受到詛咒的席恩本人不會受到危害——既然如此，只要能夠把別人變成與自己相近的存在，詛咒的影響不就不會發生在那個人身上了嗎？

以這份考察為基準做出的研究與實踐，便是女僕們的眷屬化。

以結論來說——結果獲得成功。

接受了席恩的血而變成眷屬的女僕們，再也不會受到能量掠奪的影響。

但距離完美的成功，還是很遙遠。

為了維持眷屬狀態，必須定期給血。

而今天就是要把血給雅爾榭拉的日子。

「因為妳們是高階魔族，所以才能勉強挺住我的血，維持著眷屬化。如果是普通的魔族或人類……在血液進入體內的瞬間，肉體就會從內側開始崩潰，然後沒命吧。」

「可是……植物不是成功了嗎？我看宅邸庭園的植物就不受能量掠奪的影響。」

「庭園的植物又是另外一回事了。它們曾經一度枯萎，是我把血混在土壤中，它們才好不容易適應，然後再生而已。」

兩年前——

自從席恩開始在這幢宅邸住下，周圍的植物沒過多久就全部枯萎了。一切生命力都被剝奪，只剩下一片死絕的土地。

不過當他把血分給土地做為研究的一環後，這附近的土地便保有席恩的魔力，變成近似眷屬的狀態。

從此以後，長在這一帶土地上的生命就不受能量掠奪的影響了。

大概是土壤成功適應了席恩這一威脅吧。

多虧如此，雅爾榭拉培育的薔薇和瓜種的蔬菜，才能長得像在普通環境培育出來的那樣。

「……只要朝這個方向不斷研究，或許就能讓極為普通人類也適應我的能量掠奪。但話又說回來，在成功之前不知道會犧牲多少人就是了。」

就算保守估計，最少也要數千人。弄得不好，恐怕必須進行犧牲上萬人的人體實驗吧。

這場實驗是建立在土地、植物才得以進行，本就不該拿人類來實驗。

為了和人類共同生存而犧牲人類，這樣簡直是本末倒置。

所以到頭來——還是回到原點。

無論這兩年再怎麼持續研究，解除這份詛咒的方法還是毫無頭緒。

「這樣啊。不過真是萬幸。」

「萬幸？」

「多虧我是高階魔族，才能成為眷屬，與您一同活下去。我以前從不覺得這身龐大到甚至令人忌諱的力量，是一件如此開心的事。」

「雅爾榭拉……」

不知道是不是自己露出不安或苦惱的表情了。面對雅爾榭拉這一番鼓勵的話語，席恩羞澀地別過臉，

「咳咳，說太多廢話了。趕快開始吧。」

「是。」

身在魔法陣中央的雅爾榭拉點頭後，當場屈膝跪地。變成對著眼前的席恩下跪的形式。

「——盤旋於天的鎖鏈，互咬的蛇，為一為全的琉璃圓環——」

席恩閉上眼睛，開始詠唱咒文。他腳下的魔法陣隨之浮現淡淡的光芒。

其實席恩平常可以捨棄詠唱就發動絕大部分的魔術，但唯有這個儀式無法這麼做。

這是他自己從一開始原創的儀式——是個能將魔王的詛咒模糊化的超高難度術式。

「——東之遠吠。西之慟哭。結於天地的兩道雷。十二之魔鏡，雌雄一體的獅子。吾對著奪取光明的黃昏祈禱，結成無違之永久誓約——」

席恩詠唱結束之後，用拿在手上的小刀劃開自己的指尖。

他的皮膚頓時綻開，鮮血往下滴流。

一滴血落在地板上。赤紅的血滴染紅地板上的紋路，魔法陣散發出赤紅的光暈。

這麼一來，儀式就準備妥當了。

再來只要對方喝下自己的血液，契約儀式就會結束。

「請恕我失禮了——舔……」

跪在地上的雅爾榭拉首先恭敬地低頭——接著開口伸出舌頭。

故意伸出舌頭的那張臉，讓平常宛若淑女的姿態變成一場謊言，既下流又猥褻。

她不斷舔舐。

伸長著舌頭舔去指尖的鮮血。

「嗚嗚……」

傷口被人舔舐，席恩不禁抖動身體。明明經歷過好幾場死鬥，應該已經習慣痛覺了才對——他也不知道為什麼，就是莫名對雅爾榭拉的舌頭產生反應。

「舔……舔……啾……啾……啊啊嗯……」

嫣紅的舌頭頑固地舔著指尖。不只淌著血的指尖，雅爾榭拉仔細地舔著整隻手指，舌頭甚至進攻至指縫。

「喂……喂，雅爾——呃！」

含入。

在席恩發出告誡之前——對方的嘴便一口氣含住整根手指。

指尖被包圍在熾熱的感覺之中。舌頭在嘴裡瘋狂舞動，帶給席恩一股止不住的官能刺激。

「嗯……嗯……呼……呼啊……席恩大人……啊唔……」

「嗚……嗚嗚！啊……」

面對這股麻痺心神的刺激，席恩不禁發出聲音。粗糙的舌頭不斷仔細重複舔著敏感的部分。

而且雅爾榭拉的視線還向上提起，不斷看著席恩。一被那熾熱的眼神盯上，席恩就覺得身體無法動彈。

這時候她終於鬆口，一邊轉動舌頭，一邊含住指尖。接著不由分說地吸吮。受到如此強烈的吸吮，席恩幾乎軟腳。

「嗯呼……嗯……嗯……咻嚕、咻嚕……」

「嗚……啊……啊……」

「嗯……嗯……嗯……咻嚕咻嚕……咻嚕嚕嚕嚕——！」

「啊嗚……………妳……妳給我適可而止！」

在舌頭與嘴巴的動作來到最高潮的前一刻，席恩便急忙抽回他的手。

垂落在指尖與紅唇之間的東西，就只有唾液。

血因他本身具有的再生能力，早就止住了。

「妳從剛才開始到底是怎樣啊！」

「呼……呼啊……非、非常抱歉。我想說，多一滴也好，必須多攝取您的血液才行……」

「……我以前應該也解釋過了，這個儀式和攝取量無關喔。」

「這……這我也知道……但就是情不自禁忍不住。感覺就好像含著席恩大人本身一樣……」

「我本身……？」

雅爾榭拉紅著一張臉，害羞地說著。但席恩卻不是很懂她這句話的涵義。

「唉，算了。反正儀式已經成功了。」

因為雅爾榭拉用了奇怪的舔舐方式，席恩一時沒有發現魔法陣的光輝早已消失。儀式似乎成功了。

「雅爾榭拉，妳覺得怎麼樣？」

「沒有問題。我感覺得到您的魔力確實進入體內了。席恩大人進到了我的體內，慢慢往深處前進，逐漸交融……啊啊，我體內的核心好像要燒起來了……感覺就好像我和席恩大人合為一體一樣……！」

「……那……那就好。」

說出的感想雖然沒什麼參考價值，席恩也確實感受到她的魔力波長產生變化。想必是真的沒問題吧。

「對了，席恩大人。」

正當他們開始收拾儀式場地時，雅爾榭拉開口問了。

「在這個眷屬儀式當中，我們攝取的媒介──只能是您的血液嗎？」

「嗯？不……不一定要用血液。只要是我身體的一部分，就算用體液應該也能代替。只不過最有效果，而且最快的手段就是血──」

「體液！」

不知為何，雅爾榭拉莫名巴著這點。

「……說……說是體液，其實就是汗水、眼淚……還有排泄物那類的東西喔。但這些東西的效果又不會比血液強，妳們也不想──」

「席恩大人，說到體液──不是還有其他種類嗎？」

雅爾榭拉以藏不住興奮的容顏說著。

「其他種類？」

「就是男人的……那個，我該怎麼說呢？我有些抗拒從我的嘴裡說出來……可以的話，我希望是由您主動熱烈渴求我……」

「嗯……？」

席恩似乎完全摸不著頭緒。

話雖如此，他也並非完全純潔。就算只是個十二歲的少年，他還是具備最基本的知識。關於孩子是怎麼出生的？這種小事他當然知道。

只不過——

讓女性喝下那樣東西——一個十二歲的少年自然不會有這種想法。

「我不太懂……但妳覺得那樣比較好嗎？」

「咦！」

見席恩以率直的眼神看著自己，雅爾榭拉不禁心生動搖。

「這……這麼說確實沒錯，可是……呃，但我並不是任誰都能接受喲。只不過若是我敬愛的席恩大人的……我很樂意承受……」

「嗯。那下次就這麼做吧。」

「什麼！」

見雅爾榭拉更顯動搖，席恩以溫柔的眼神說：

「雖說是為了儀式，我正好也覺得讓妳們喝我的血很過意不去。如果妳有要求，那我願意儘可能尊重妳。畢竟妳一直都很照顧我嘛。」

「……唔！好、好耀眼……」

面對以純潔無邪的笑容訴說這番無瑕的善意，雅爾榭拉的反應簡直就像一隻看見神聖光輝而覺得耀眼的惡魔般。

隨後，她露出極度懊惱與糾葛的表情——

「……不……不了，維持現狀沒有關係。」

她用宛如放棄了什麼的語調說著。

「這樣好嗎？我看妳好像話中有話……」

「不，我沒事……只是在您的純潔面前，我覺得心存邪念的自己實在很丟人……」

她以參雜羞恥的聲音說著，並大大嘆了一口氣。

不過又馬上轉為思量的表情。

「……也對。我根本不用急……沒錯，席恩大人像現在這樣純潔是最好的。而且如果因為儀式做了那種事，或許其他人也會跟進……」

雅爾榭拉開始自言自語。

「妳……妳沒事吧，雅爾榭拉？」

席恩覺得她這樣各方面都讓人擔心，於是出聲詢問。

「是，我沒事。」

只見雅爾榭拉心情大好地點了點頭。

「您無須擔心。等待時機成熟，我雅爾榭拉會負起責任，活用這副身體教導您。敬請期待。」

雅爾榭拉一邊微笑，一邊說出充滿謎團的話語。

宛如聖女般善良的笑容當中，不知為何潛藏著惡魔般的情慾，讓席恩看了不禁背脊發涼。

儀式結束之後，席恩開始尋找菲伊娜。

（其實要找誰都可以，不過還是那傢伙最適合了。）

今天菲伊娜的工作應該只有清掃庭園，可是她卻不在宅邸外頭。席恩於是返回宅邸，往她的房間走去。

他首先敲了敲門。

「是誰、是誰～」

裡頭傳來這樣的回應。看來她是回到自己的房間了。

「是我。我可以開門嗎？」

「小席大人？快快請進。」

獲得對方允諾後，席恩打開房門。

接著——大吃一驚。

站在眼前的是一名半裸的美女。

她似乎正在換衣服，女僕服隨意扔在床上。除了上下兩件內衣，她可說是一絲不掛。

而且即使被人撞見她半裸的樣子，菲伊娜非但不覺難為情……

「討厭啦～小席大人好色～」

反而發出嬌嗔，還扭動身體，做出極為做作的姿勢。

「～～唔！」

席恩急忙把門關起來。

「妳……妳……妳在幹麼啊？菲伊娜！」

「這還用問嗎？當然是打掃庭園弄髒了衣服，所以正在更衣啊。」

「既然這樣妳就早說啊！說一句『等一下』啊！」

「因為我想說，區區更衣這種小事，就把我很重要、很重要的主人堵在門外苦等，實在是很過意不去嘛～」

「唔……」

聽見這句隔著門扉傳出來的捉弄聲，席恩完全無言以對。

「真是的，你也不必害羞成這樣啊。不過是被小席大人看見更衣的樣子，我完全不介意啊。」

「妳不介意，我會！」

「是喔？為什麼啊？因為會讓你產生遐想嗎？」

「～～唔！算……算了！我不理妳了！妳就一輩子關在房間裡吧！」

席恩發出鬧彆扭似的吼叫，準備轉身離去。然而……

「哇！對不起對不起！小席大人，我很抱歉。是我鬧過頭了。」

卻被這聲反省慰留下來了。

「你找我有事對吧？我已經穿好衣服了，現在進來已經不要緊了喔。」

「……受不了，妳這傢伙一天到晚這樣……妳真該學點身為女性的羞恥心和矜持……」

席恩一面碎唸，一面再度開門。

接著——大吃一驚。

站在眼前的是，和剛才一樣更衣進展完全原地踏步，呈現半裸狀態的菲伊娜。

「討厭啦～小席大人——」

這句與剛才如出一轍的台詞才剛說到一半，門就猛然關上了。

「妳到底想怎樣啊！」

「沒有啦，我想說老哏不都會重演一次嗎～」

聽她這聲絲毫沒在反省的語氣，席恩只能無奈地仰頭望天。

「……我只是想把妳叫出房間而已，為什麼會搞得這麼累？」

「好啦，別計較了。席恩大人你不是也挺快樂的嗎？」

這裡是宅邸的後院——

剛才關門之後，他們重複了好幾次類似「……這次好了吧？妳這次真的穿好衣服了吧？」「好了好了，這次穿好了。」這樣的一來一往，然後才走出宅邸。

「那麼席恩大人，你找我究竟有什麼事？居然——還拿出那麼危險的東西。」

菲伊娜的視線落在席恩的手邊。

也就是他單手握著的——「聖劍梅爾托爾」。

加雷爾手上的贓物，包括這把聖劍，全都暫時保管在這幢宅邸裡。他已經捎出給王室的書信了，他們總有一天會派人來回收吧。

席恩舉起過去的愛劍說道：

「我想說久違來鍛鍊一下。」

「鍛鍊？」

「因為這兩年遠離世俗隱居生活的關係，我的身體已經生鏽了。所以昨天……才會被區區一個盜賊搶得先機。」

「啊～你的頭顱的確被斷得很漂亮。」

「……就是啊。」

席恩無奈地點頭回應這句有些諷刺的話。

自從兩年前討伐魔王之後，席恩就幾乎沒經歷過一場能稱作戰鬥的戰鬥了。被逐出王都後，他便避人耳目生存，開始和女僕們一起生活後，她也是一個勁地窩在書庫做魔術研究。

實戰的直覺已經完全生鏽。

證據就是——昨日的醜態。

就算他是一時大意——就算對手拿著聖劍，過去被授與「勇者」稱號的自己，竟會被區區盜賊搶得先機。

若非他有不死之身，他早就死在第一道攻擊下了。不過他有一部分也是仗著不死之身，所以才大意了——總之，席恩無法原諒給了對手一擊的自己。

「是喔。原來如此，原來如此。換句話說，我被選為你鍛鍊的對手了。」

「嗯。可以麻煩妳嗎？」

「小事一樁，小席大人。」

菲伊娜謙恭地點頭。

住在這幢宅邸裡的女僕們，都是在過去被尊為「四天女王」，可以一擋千的高階魔族。兩年前他們曾交手過好幾次，彼此的實力已經透徹得深入骨髓。

如果只是訓練的對手，其實找誰都無所謂——不過席恩還是認為菲伊娜最適合。

說到綜合戰鬥能力，那就是雅爾榭拉最為出眾——但若是局限於純粹的身體能力，四人之中就屬菲伊娜最好。

「反正我也跟你一樣運動不足。呵呵，我還真有點期待。能和小席大人久違地認真戰鬥了。」

菲伊娜雙手上舉伸展著身體，露出好戰的笑容。

「總之，我們先隨便來場模擬戰吧。」

「知道了。不過小席大人，你手上拿著聖劍，就算對手是我，也鍛鍊不到什麼喔。」

「妳別擔心。現在的我——沒辦法用聖劍。」

「咦？是這樣嗎？」

「今早我已經多方嘗試過了……不管怎麼試就是沒辦法。無論我呼喚多少次，『聖劍梅爾托爾』還是完全沒反應。」

席恩說著，低頭看向手上的劍。

兩年前，席恩運用這把「聖劍梅爾托爾」與魔王軍戰鬥。

過去宛如自己的手腳般靈活的劍——現在卻只覺得是一塊金屬。這種狀態頂多像是拿著一塊稍微堅固的鐵塊罷了。

「自古以來，聖劍相傳是眾神為了人類而做的武具。眾神可憐人類的脆弱，所以製作聖劍賜予人類，好讓人類有對付其他種族的手段——換句話說，能使用聖劍之力的就只有人類。」

身為一個人。

這就是——使用聖劍的條件。

明明是一件擁有破格之力的祕寶，這樣的條件可說是極為寬鬆。

正因席恩過去使用過聖劍，所以他大概感覺得出來。

聖劍——很喜歡人類。

不知是眾神以此為基準創造出來的？還是長期為人類所用之下，產生了感情？總之席恩感覺得到聖劍這種武具有著類似疼惜人類的情愛。

聖劍愛著人。

它愛著人類的強悍、美麗、聰慧——以及懦弱、醜陋、愚笨。

它能包容這一切，愛著這一切。

因此任誰都能使用聖劍。

無論弱者或是惡徒都可以。

昨天那名盜賊——加雷爾就是最好的證據。即使他是危害國家的重罪人，是連夥伴也能輕易殺害的男人，聖劍還是沒有拒絕他。

如果要比喻，就像不論孩子犯下多少錯誤，嘴上還是會說「你一點也沒錯」，然後一個勁地寵溺孩子的母親……就像那種若要稱之為母性，又稍嫌扭曲的愛情。

只要使用者是個人類，就不問人格、實力，無差別地允許那個人使用力量。

任誰都能使用的傳說武具——這就是聖劍。

不過根據使用者的本事，能運用的力量卻大大不同——暫且先不提這一點。

席恩現在卻無法發動只要身為一個人就能使用的武具。

換句話說，這件事實代表著——

「……以聖劍的基準來看，我好像已經不是人類了。」

席恩浮現宛如自嘲的笑容說著。

若說這個結果理所當然，似乎也真是如此。

具有不死之身，只要人在那裡，就會啃食周遭的生命——這樣的害獸根本不可能會是人。

（你老實成這樣，反倒給了我一個痛快啊，梅爾托爾。）

即使在心中試著口出惡言，過去的愛劍依舊沒有任何反應。這讓席恩的胸口感到一陣刺痛。

無論肉體落入多麼深邃的黑暗之中，他還是一直告訴自己至少內心要維持著勇者的樣貌——要像個人類一樣。然而現在像這樣重新被迫認清事實，只讓他覺得腳下有種踩空的空虛感以及喪失感。

席恩一臉不捨地看著聖劍——

「我抱。」

「哇……什……」

菲伊娜卻故意喊出聲音，從正面抱住席恩。席恩的臉整個埋進她大大的胸部當中。

「小席大人就是小席大人不是嗎？」

面對慌慌張張的席恩，菲伊娜以有些生氣的語調說著。
「是不是人類有這麼重要嗎？再說了，我們也都不是人類耶～～」
「好……好啦，我知道了，快放開我！」
席恩好不容易推開不斷把胸部往自己臉上壓的菲伊娜，他大大吐出一口氣後，輕聲苦笑。
「……也對。抱歉。我好像又想了些無聊的瑣事。」
「嗯，懂了就好。」
菲伊娜大大地點頭，然後咧嘴一笑。
「好了好了，那我們開始吧。既然聖劍只算一根棒子，那就一點問題也沒有了。」
「是啊。不過……妳穿成這樣行嗎？」
席恩重新看向菲伊娜。
她是一身和平常沒兩樣的女僕服。
「我不是叫妳穿輕便的衣服過來嗎？」
「嗯。安啦安啦。這身衣服其實很輕便……而且我已經做好戰鬥的準備了。」
菲伊娜拉著身上的女僕服說道。
「在你叫我穿輕便的衣服出來的時候，我就料想到大概要做戰鬥訓練了，所以我的準備很萬全。」

「嗯？」

席恩不解地歪頭。乍看之下，菲伊娜的裝扮和平時並無二致。她到底做了什麼樣的準備呢？

菲伊娜不顧只覺不可思議的席恩，卸下了她的手套。

但那並非決鬥的信號。

「小席大人，我順便問一下，有規則嗎？」

「禁止使用攻擊魔術好了。頂多是肉搏戰，用體術決勝負。」

「了解～那我要上嘍，小席大人。」

「嗯，隨時放馬過來吧。」

話都還沒說完——「咻」的一聲。

菲伊娜從視野當中消失了。

影子、身形都消失無蹤。只有遭到踐踏而彎曲的雜草能證明她曾經站在那裡。

席恩握緊聖劍，放大自己的感官。

（……右邊……左邊……背後——不對，上面！）

利用上一秒還存在的無數幻影、魔力的殘渣，以及殘留的餘味來擾亂對手的移動方式……席恩瞬間看穿這些訊息，並抬起頭來，將劍水平舉在眼前。

下一秒——一股宛如隕石般的衝擊落在劍上。

「……啊哈！真的耶！」

隔著刀刃，席恩可以窺見菲伊娜笑容下那副銳利的犬齒。

剛才從上方強力席捲而來的衝擊，正是來自她那雙已經變幻成充滿威脅型態的爪子。如果她還戴著手套，伸長的爪子應該會刺破那塊布吧。

「你的反應真的變慢很多呢。如果是全盛時期的你，這種程度的攻擊輕輕鬆鬆就能躲開，還能反過來攻擊我吧？」

說完，菲伊娜拉開了距離。然後再一口氣縮短和席恩的距離，使用爪子連續猛攻。

爪子的攻擊如暴雨般襲來，席恩拚命用劍一一抵擋。

「……妳下手還真是毫不留情啊。」

「嗯？這不就是你想要的嗎？」

「對啦，是這樣沒錯……」

席恩一邊用聖劍彈開攻擊，一邊露出苦澀的表情。

如果是雅爾榭拉或凪，就算這是席恩的命令，她們應該也無法如此放得開，真的攻擊過來。

雖然選擇菲伊娜來擔任訓練對手的理由，就是因為「她較有可能全力進攻」……可是一旦她真的毫不猶豫地攻過來，還是讓人有些無法釋懷。

（……不對，不是這樣。菲伊娜只是努力想達成我的命令而已。我應該要感謝她才對——我也必須拿出真本事，不然就太失禮了。）

席恩重新集中精神在眼前的戰鬥上。

他已經利用魔術進行身體強化和感覺強化了。

現代的戰鬥幾乎都會使用魔術。不只是負責攻擊魔術和治癒魔術的後衛會使用，就連負責近身戰的前衛也會使用身體強化的術式包覆著身體，或是使用含有魔術術式的武具。

攻擊、防禦、探索、治療、移動、逃走……魔術的要素與這些戰鬥要素息息相關。

（……「金狼（瑪納加爾姆）」的力量果然很可怕。）

在一串令人眼花撩亂的攻防當中，席恩不禁有感而發。

菲伊娜是一種被稱作人狼的魔族——而且還是在魔界被譽為傳說的「金狼」的末裔。

有一段逸聞是說，在遠古時期，世界有兩個太陽，而金狼吞下了其中一整個，是傳說中的魔狼——

菲伊娜似乎還沒完全使出全力，不過她不時釋放出的壓力，實在很符合繼承了傳說之血的狼該有的威壓。

（…………）

再次了解到菲伊娜的實力有多強的同時，席恩心中萌生出一股莫名的懷念。

兩年前——當菲伊娜在魔王麾下以「四天女王」的身分行動時，好幾次和席恩展開廝殺。

雙方重複了好幾次以血浴血的悲壯戰鬥。

當時的菲伊娜是「四天女王」中號稱最好戰的人，第一個與席恩戰鬥的人也是她。他們數度交鋒，在席恩終於打倒她後，她還說：「……呵呵，其實我是四個人裡面最弱的……」她就是這種敵人。

總覺得令人難以置信。

現在和席恩寢食與共的四名女僕們，過去和他竟是不共戴天的仇敵，而且還有過一段互相廝殺的時期。

席恩遭到原以為是同伴的人們背叛，但拯救了他的人卻是已經宛如坦誠相見，並且廝殺過好幾次的仇敵——

席恩的動作就像呼應這種對過去的追思一般，逐漸趨於敏捷。

他的刀法開始俐落，身體動作也回到不拖泥帶水的狀態。

他體內的感覺已經漸漸被喚醒了。

回到被人稱作「勇者」時的感覺——

「哇！唔噢……」

菲伊娜的爪擊從刀身滑落。席恩抵銷了力道，巧妙化解攻擊。若非完美看穿對手的攻擊，絕對做不到這種事。在這套卓越劍技面前，菲伊娜的重心失衡了。

儘管對方有了一個大好的空隙，席恩卻沒有多加追擊。

「有機可乘。」

他用聖劍的刀柄末端敲擊菲伊娜的側身。

一記攻擊之後，模擬戰暫時結束。

菲伊娜一邊用手撫著側腹，一邊透露出佩服的嘆息。

「唉……小席大人真有一套。動作已經完全恢復了。」

「好不容易啊。」

席恩確認著流竄在肌肉與體內的魔力正流暢運行，同時點了點頭。

「畢竟我生鏽的部分只有對實戰的感覺而已。我一直有在進行魔術研究，身體強化的術式也配合現在這副身體重新建立好了。」

配合這副和純粹的人類不同，而是受到詛咒的身體。

「剛開始我的感覺和身體的動作還有一點微妙的落差……但現在沒問題了。」

「你果然很厲害。兩年的空窗期，兩分鐘就補好了。」

「多虧有妳。謝謝了。」

席恩認為正因有這場近似實戰的高等級模擬戰，他才能在短時間內把實戰的感覺找回來。

而且——對方是自己過去曾經認真一戰的對手，這點也很重要。

不管怎麼樣，全盛時期的感覺算是回來了。

「不會不會，不用客氣。」

「抱歉，要妳陪我練習。那我們差不多……」

正當席恩要說「差不多該進屋喝杯茶」的時候——

「嗯。差不多——該拿出真本事當中的真本事了。」

這句回答卻是始料未及。

「……咦？」

「你看嘛，你打完了一回合，只顧著自己滿足。現在跟我說『好，結束了』，這樣我根本消化不良耶。」

「…………」

「欲求不滿也要有點節制喔。要是你只顧著自己辦事、自己爽，這樣會被女孩子討厭喲。」

「這……這是什麼意思……？」

「機會難得，我們多玩一下嘛，小席大人。」

說時遲那時快——現場發出「轟」的一聲。

菲伊娜全身迸出如烈火般燃燒的魔力。她的頭上生出耳朵，屁股長出尾巴。嘴角露出獠牙，雙眼發出猙獰肉食動物的光輝。

這副模樣兩年前席恩已經看過很多次，這是菲伊娜的人狼狀態。

「呃……喂，菲伊——！」

在席恩叫菲伊娜停下來之前，她就已經衝了過來。

席恩急忙用聖劍擋住，發出一聲巨響。這一擊遠比剛才還要快、還要重。異形之爪咬住刀身，雙方僵持不下。

「……妳變回這副模樣是想做什麼？」

「這個嘛，因為你昨天誇我『美麗』，我想說多讓你看幾眼。」

「那……那是我用詞不當——」

「欸，小席大人。機會難得，我們要不要來賭一把？」

菲伊娜忽視席恩的話語，逕自說著。

「先打到對方就算贏。贏家要要對輸家言聽計從。」

「言……言聽計從……」

「哼哼，要是我贏了，你從明天開始一個星期都要叫我『菲伊娜姊姊』！」

「……呃！」

「還有，你要用名字稱呼自己，要說『席恩我呢～』！」

「妳、妳說什麼！」

「好，決定了！呵呵呵，真是令人期待。我應該可以看見很多可愛的小席大人吧。」

菲伊娜笑得出神，同時高高跳起拉開距離，準備進行下一波攻擊。

（別……別開玩笑了……！退個一百步，「菲伊娜姊姊」還能允許，但還要我用名字稱呼自己……！）

席恩可忍受不了這種屈辱。

但既然菲伊娜變成人狼狀態，發揮了真本事，這場勝負將會變得十分不利。

如果用攻擊魔術，那還有辦法應付，可是他在一開始已經明言禁止了。若要以純粹的體術來決勝負，就算是取回全盛時期感官的席恩，還是難以戰勝人狼。

（可惡。該怎麼辦……）

被逼到窘境的席恩拚命策動頭腦——但這段時間，菲伊娜也以驚人的速度逼近。

面對毫不留情襲來的巨大爪子——

「……唔！」

席恩策動全身閃避，銳利的爪子就這麼撲空。菲伊娜立刻切換動作，以野獸般的敏捷度就要直接搶攻，然而——

「咦……奇、奇怪？」

她的身體隨後馬上停止了動作。

「這……這是什麼……動……動不了了啦啦～」

菲伊娜滿臉困惑地叫著。

嚴格說起來，她並不是完全動彈不得。她的身體確實有動作。她正跑著。然而——她就是無法移動到別處。

不管跑得多用力，跟目的地的距離就是沒有縮短——

「……菲伊娜，妳太大意了。」

席恩夾雜著嘆息說出這句話。他的額頭上滲出些許汗水。

「不……不會吧！這個……難道是——『無限迴廊』？你以前常用的那招？可是我記得這招沒有『梅爾托爾』就使不出來……」

「無限迴廊」。

那是將空間當中的「移動距離」這一概念「壓縮」到極致的祕技。

剛才席恩就在自己所處的地方盡可能壓縮了距離，然後盡可能增幅指定空間內的距離。

菲伊娜毫無戒心就闖進設置好的陷阱當中，然後被困在形同無限的距離當中。

在指定空間的內部，為了移動短短的幾公分——就要做出橫斷一個小國的移動量。

因此不管跑多久，前方還是無限遙遠，而無法前進。

就像不斷在滾輪當中奔跑的老鼠一樣。

就像永遠無法超越跑在前方烏龜的英雄一樣。

過去席恩受到「梅爾托爾」的寵愛，能將這份力量發揮到極致。不只能扼殺距離，還能衍生出距離。

這本來是他手握「梅爾托爾」才有的看家本領——

「難道你說你用不了聖劍是騙人的嗎！」

「我沒有騙人。我是真的用不了聖劍。」

席恩說道：

「『無限迴廊』是利用聖劍的力量才可能做到的祕技——我只是用空間魔術試著重現罷了。」

不使用聖劍有的破格力量，只用自己的魔力，以及編纂好的術式。

菲伊娜瞪大雙眼，很是吃驚。

「……這……這種事有可能嗎？不就是絕對不可能用普通的魔術實現，所以聖劍才叫做聖劍嗎？」

「的確是費了我一番心思，不過還是勉強仿造成功了。而且空間魔術本來就是我擅長的領域。」

魔術分為很多種類。

最普遍的是，操縱地水火風這四大元素的自然魔術，以及支配光與闇的陰陽魔術。其他還有讓生物肉體和生命力活性化的治癒魔術或強化魔術——

此外還有操縱時間、空間的時空間魔術。

干涉時間或空間的魔術被歸類在超高階魔術，要學會就得有龐大的學習量，以及與生俱來的直覺。

「討厭……小席大人真的是個天才到讓人傻眼的少年耶。」

「這沒什麼大不了的。不管是威力、範圍，就連發動速度都遠遠不及使用『梅爾托爾』做出的『無限迴廊』。就算是劣化版，這也上不了檯面。」

這並非謙遜，而是事實。

席恩將空間魔術複雜地組合在一起，好不容易才重現出和「無限迴廊」同樣的效果，但各方面卻顯得極為不足。

範圍頂多就半徑一公尺左右。

不只規模小，在發動前還會產生錯誤，讓空間歪斜。這次是因為菲伊娜大意，才有辦法困住她。但如果是在一般戰鬥條件之下，毫無疑問會被躲開。

「……唔～～！但你還是太狡猾了！明明說好不用魔術的！」

「我只是說不用攻擊魔術。這招嚴格來說並非攻擊魔術。只是在一個地方設下陷阱而已。」

「這樣太詐了！」

「要詐的人是妳。不只隨便變成人狼狀態，還單方面設賭局，妳根本沒資格抱怨。」

「嗚……」

「好啦，妳放心吧。就像我剛才說的那樣，這是遠遠不及原本的『無限迴廊』的仿冒品。如果是妳，應該再十秒就能脫身了吧。」

「什麼？真的嗎？」

「是啊。不過……」

這時候席恩勾起嘴角的弧線笑道：

「這段時間已經夠我給妳一擊了。」

「……呃！」

菲伊娜慌慌張張地企圖移動，但依舊無法離開原地。雖然身體可以動作，會被視為「移動」的行為卻總是化為徒勞。

「嗚～～！嗚～～！」

「哈哈哈，沒用的啦。我想想我要拜託妳做什麼好呢……」

確信會勝利的席恩慢慢拉近兩人的距離。

他就像剛才一樣，拿著聖劍的劍柄要輕敲菲伊娜的肩膀——

但就在前一刻。

「——呵，你太天真了，小席大人。」

故作慌張的菲伊娜露出「計畫得逞」的笑容。

她雙手抓著女僕服的裙襬——

「嘿！」

「唰」的一聲。

裙子向上掀起。

菲伊娜狠下心，毫不猶豫，但又有些難為情地掀起裙子。

原本覆蓋在一塊薄布下方的部分，現在完全攤在陽光底下——

「什……啊……!」

面對這種不在預料之內的狀況，席恩完全慌了手腳。映入眼裡的影像已經超過他的腦容量，讓他的思考完全停止。全身也僵硬不已。

由於衝擊性太過強烈，就連聖劍也從手中滑落，身體更是大大搖晃。

「……呵呵。小席大人果然是個小色鬼。」

時間到了之後，掙脫「無限迴廊」的菲伊娜逐步靠近已經無法戰鬥的席恩。

她「叩」的一聲輕敲那顆滿是破綻的頭，結束這場戰鬥。

「很好，是我贏了～!耶～!」

「……妳……妳真是……」

「呵呵呵。勝負可是很無情的喲，小席大人。」

「…………」

「討……討厭啦……小席大人真是的。就算再怎麼驚訝，不過就是看到我的內褲，你也未免太慌張了吧?我剛才在房間明明已經讓你看很久了……你這麼介意，搞得我也開始覺得難為情了……」

菲伊娜有些羞怯地說出這句話。

(這……這傢伙該不會是沒發現吧……)

但卻讓席恩越發慌亂。

如果——

如果他看到的是內褲，想必不會慌成這樣吧。儘管他現在是對那方面的事情還不太有免疫力的年紀，區區內褲他也還挺得住。而且就像菲伊娜剛才說的那樣，席恩剛才已經在房間的那場折騰中，看過好幾次她穿內衣褲的模樣了。就算姿態再怎麼煽情，只要反覆看過好幾次，多多少少都會習慣。

因此若要說到他為何會如此驚慌失措——

「菲伊娜……我跟妳……說。妳……」

儘管苦惱，席恩還是勉強擠出話語。

「妳……妳沒穿喔。」

「嗯？」

「我是說……妳沒穿啦，那個……內褲……」

「……啥？小席大人，你在說什麼呀？這怎麼可——呃……咦咦咦咦咦！」

菲伊娜邊說，邊伸手探向自己的下半身。當她的手來到臀部附近確認到的瞬間，她滿臉通紅地發出尖叫。

「為……為什麼！我為什麼沒穿？」

「這是我要問的……」

「難道是小席大人幹的好事？你用什麼厲害的魔術，把我的內褲變走了！」

「才、才不是我！誰會用那種變態的魔術啊！」

「可……可是……啊，對了。我想起來了。」

菲伊娜一臉複雜地開始解釋。

「因為你叫我穿輕便一點過來……我就在房間把內褲脫掉了。」

「……為什麼要脫啊？」

「因……因為我想說搞不好會變成人狼狀態啊。要是尾巴長出來，就會弄破或是拉扯到內褲嘛。我昨天才毀了一件而已……」

這下子席恩終於搞懂菲伊娜在模擬戰前說過的「準備」是什麼意思了。

看來她是為了不讓長出來的尾巴毀了內褲，所以事前脫掉了。

「既然這樣……妳剛剛幹麼還那麼做？」

「……我忘得一乾二淨了。」

菲伊娜一邊以極為消沉的聲音說著，一邊當場腳軟癱坐在地上。

由於過度沉迷在戰鬥之中，過度想贏得賭局，導致沒穿內褲的事完全從她的腦海裡消失無蹤。

「嗚哇～……我搞砸了……好糗……」

菲伊娜趴在地上，用手撐著地面，使盡全力消沉。她滿臉通紅，正被難以忍受的羞愧折騰著。

「菲伊娜……」

席恩以同情的眼神低頭看著她。雖想安慰她，但不管怎麼想，她都是自作自受，根本想不出有什麼安慰的話可說。

「妳……明明不在意內衣褲被看光……」

「……你錯了，小席大人……就算我再怎麼不知羞恥……這樣實在是……太丟臉了……」

「是……是喔。」

「應該說……我居然滿不在乎地自己掀裙子，讓人看胯下……這真的……就各方面來說……都很糗……」

「…………」

「小席大人。」

「幹……幹麼？」

「剛才的賭局，算是我贏了對吧？」

「嗯，算是吧。」

「那我要拜託你……請不要把剛才的事情告訴別人。」

「……好吧。」

席恩慎重其事地點頭，菲伊娜這才無力地露出笑容，搖搖晃晃地從地上站起。

她心中的創傷似乎頗深，平常原本吵吵鬧鬧的她，今天一整天卻安分得嚇人。

第三章 前任勇者喜歡外出郊遊

羅格納王國的王都——洛迪亞。

這天王都人聲鼎沸。

不論男女老幼，全都聚集在城下町的中央廣場。每個人眼裡都是期待與興奮。

「——喂，他來了！勇者大人凱旋了！」

某個人大吼一聲後，所有人都往同一個方向看去。

只見一輛奢華的馬車順著石板路往前。

眾人——都被包圍在歡喜的氣氛當中。

女人以高亢的聲音，男人則是粗獷的聲音，個個因感動與興奮大叫著。拿著玩具劍的孩子們拚命追逐馬車，然後被警衛攔下。

「您還是一樣受人歡迎呢，列維烏斯大人。」

馬車裡坐著兩個人。雙方都穿著王國騎士團的白色團服。

其中一個人是個年輕女性。留著栗子色的頭髮，年齡大約二十歲上下。她以滿懷敬意的眼神看著坐在對面的男子。

「這個國家的所有人都尊敬著您，希望您可以帶領他們前進。」

「……是啊，畢竟我好像是打倒魔王的人嘛。姑且算是。」

以一席無精打采語氣說話的人，是個金髮的青年。他的身材精瘦，卻是受過鍛鍊的體魄，他在擁擠的馬車中翹著長腿。他面容精悍而且年輕，是個符合眉清目秀這個形容詞的美青年。

他的名字是——列維烏斯．貝塔．瑟蓋因。

他是名門貴族瑟蓋因家的嫡子，兩年前曾以勇者團隊其中一人的身分，前去討伐魔王的其中一名英雄。

此外——

打倒魔王，拯救世界的勇者——他同時也是如此被捧上來的男人。

列維烏斯從馬車的窗戶往外看。

他笑著面對外頭混雜的人群，並親切地向他們揮手致意。

見拯救世界的英雄做出這番回饋，眾人一陣鼓譟。甚至有幾個女人因為太過感激，整個人失神暈倒。

然而當列維烏斯一背對窗邊，那副迷倒眾生的天使般微笑便瞬間消失，他更吐出無奈的氣息。

「討伐魔王的行動都過去兩年了，真虧他們叫不膩。」

過去這一個月，列維烏斯率領部隊遠征去了。南方的某個村落遭到魔獸襲擊，所以他們前往護衛並討伐魔獸。

任務平安結束，他也在今天回到王都。

為了慶祝他凱旋，許多人們都聚集到廣場來。

「這是您的人德所致吧。這就代表您是足以為眾人所敬的傑出人物。」

「畢竟我從以前開始就很會做表面功夫嘛。」

而且——列維烏斯繼續往下說。

他美麗的容顏瞬間扭曲得諷刺。

「完全沒有人發現我是冒牌貨耶。」

「列……列維烏斯大人！」

女性驚慌失措地叫出聲音，她迅速眺望周圍後，小聲地說道：

「……這……這是國家機密。在這個國家中是禁忌中的禁忌。要是被別人聽見……」

「沒人在聽啦。明明就是過來聽我說話的，卻被他們的聲音吵得蓋過去，什麼都聽不到，我都不必費心說話了。」

列維烏斯看了一眼叫得聲嘶力竭的人們。當然了，這個瞬間他也不忘露出大眾希望看見的完美笑容。

「……我一開始是覺得賺到了。雖說是上頭的命令，我還是可以奪走別人的功勞，自己變成英雄。」

可是——列維烏斯說著：

「一旦真的當上了，卻覺得空虛。我不過是個虛妄的英雄。」

前去謁見國王，受獲一成不變的讚詞，再被大臣叫過去聽他發牢騷。這就是每次遠征回來後的既定行程。

「我要先讚賞你的辛勞，列維烏斯。」

這裡是王宮勤務室。

身為大臣的格傑夫高傲不遜地說著。他有著骨瘦如柴的身軀，和貌似精打細算的長相。這個男人和列維烏斯同為貴族出身，是長期效忠國王的國家重臣。同時也是會深入參與國政的有權者。

格傑夫坐在辦公桌前，睜著宛如蛇那般銳利的雙眼，直瞪列維烏斯。

「但沒想到你會耗費一個月的時間……你是不是花太多時間了？士兵也嚴重耗損。國庫可不是不會空的無底洞啊。」

「因為魔獸的數量比報告所說的還多，而且更凶殘。如果您有怨言，請您去向杜撰報告的偵察部隊抱怨。我倒覺得我非常盡責。」

「哼——如果是席恩．塔列斯克，一定會做得更好。」

格傑夫拋出這句話。

「那個小鬼實在非常優秀。不管把他送去多麼險惡的戰場，他總是會帶回預期以上的戰果。而且人格純真、謙遜。不會過分要求報酬，就算給他的報酬與各階級士兵相同，他也不會出言抱怨。他真的是——最棒的勇者。」

「…………」

「可是……他卻在最後關頭搞砸了。居然中了什麼詛咒。明明還有利用價值……變成那樣就派不上用場了。多虧他搞砸……我們才非得讓你這樣的庸夫站上代替他的位子。」

「…………」

面對從那傲慢的口中說出的話語，列維烏斯並未回嘴。

他首先停頓了幾秒。

「啊哈哈。」

然後笑了三聲。那是既輕浮，又親切的笑聲。就像討好上司那種諂媚的笑容。

「哎呀哎呀，格傑夫先生，請您饒了我吧。就算我再怎麼厲害，和那個天才兒童比起來，自然是贏不過他。以一個庸才來說，我覺得我已經很努力了。」

「哼。我們可是把最先從魔王城逃回來的你變成英雄了。你要是不更拚上老命替我們辦事，那可就傷腦筋了。」

「好好好，我知道啦。」

列維烏斯笑得輕浮，就這麼準備離開勤務室。

「那我先告辭了。」

「慢著。你有下一份工作。」

格傑夫說著。

「去回收聖劍『梅爾托爾』。」

列維烏斯離開勤務室後，走在王宮的走廊上。此時栗色頭髮的女人——布羅雅跑了過來。

「辛苦您了，列維烏斯大人。」

她恭恭敬敬地低頭致意。布羅雅本來是服侍瑟蓋因家的一名僕人。她從小就在列維烏斯身邊服侍。自從列維烏斯被捧為冒牌勇者，任職騎士團的部隊長後，她就以副官的身分替他工作。

「格傑夫大人怎麼說？」

「又說了一些挖苦人的話。說什麼，如果是席恩，就會做得更漂亮。」

「怎麼會……！過分，太過分了！」

「這是事實，沒辦法啊。憑我的實力，根本遠遠不及他。」

「但您……不是這個國家第一的劍士嗎？在悠久的瑟蓋因家族歷史中，您的才能也是數一數二……而且說起來，教授席恩・塔列斯克使劍的人，就是您吧？」

「的確是有那一段時期啊。可是我瞬間就被超過去了。」

本來——在王都被稱頌為「神童」的人，應該是列維烏斯。他生於瑟蓋因家這門劍術名家，自幼便展現出類拔萃的才能，每個人都看好他的前程。

直到——席恩・塔列斯克出現為止。

直到真正的「神童」出現。

當時列維烏斯只是教了一點點基礎，席恩就表現出非比尋常的成果。就算不刻意去教，他也能看一眼就模仿出來，然後獨自發展下去。

天才。

擁有上天所賜之才。

神童。

宛如被神所愛的稚童。

無論用多麼誇張的言語讚美，也無法道盡他的天賦。

這名小了十歲的少年，瞬間就超越自己了。

「我明明除了劍術之外，就沒別的長處了。但我的劍術卻還是輸給席恩。而且那小子不只會劍術，從各方面來說，他是真正的天才。」

列維烏斯緬懷過去似地說著。

「兩年前——我雖然跟勇者組隊行動……卻沒什麼好炫耀的。我們所有人都是席恩的備胎。就連自己擅長的技術，都贏不過席恩。」

劍士。

魔術師。

武鬥家。

神官。

以及——勇者。

能力在各方面出類拔萃的五個人，為了打倒魔王而組成一個小隊。

然而實際上——那卻是席恩．塔列斯克的一人小隊。

他的劍術比劍士犀利。

魔術比魔術師精湛。

武術比武鬥家優異。

治療術比神官還管用。

這就是一個名為席恩．塔列斯克的破格神童。

「就連討伐魔王，也幾乎是他一個人做的。我們小隊的成員根本什麼都沒做。除了席恩以外的人，都在攻克魔王城之前就棄權了……順帶一提，最先棄權的人就是我。」

即使半開玩笑般地這麼說，布羅雅還是沒有笑。

列維烏斯嘆了一口氣後，繼續說：

「我們這個隊伍表面上雖是為了打倒魔王而組成的精銳……其實卻不然。所謂的勇者小隊，是把一些空有能力卻派不上用場的人格缺陷者，全塞給席恩這個天才的集團。」

「人格缺陷者，是嗎？」

「我和席恩以外的三個人真的是糟到極點。魔術師是個酒鬼，武鬥家好色，神官是自殺慣犯……三個人都無法溝通。在這些人之中，我只是因為和席恩很要好，所以才會被選上的庸才。在這個集團之中扮演緩衝的角色。」

話說到這裡，列維烏斯輕輕搖了搖頭。

「啊……不對。人格最有缺陷的人——就某種意義來說，應該是席恩吧。」

「呃……這是什麼意思？」

「布羅雅，如果妳拚了老命拯救世界，之後上頭卻命令妳，『妳的功勞全要讓給別人，閉上嘴隱居別處吧』，妳做何感想？」

「…………」

「席恩．塔列斯克就是一個會照著做的爛好人。他覺得這是為了眾人的利益著想，所以才乖乖遵從腐敗王室提出的命令。實在是……有夠可怕。那小子的為人好到像在自虐一樣，真的是不正常。」

「列維烏斯大人……」

「不過我搶了那小子所有的功勞，悠悠哉哉地享受著當英雄的生活，也沒資格說他就是了。」

我的個性也十分扭曲。

就像這樣——

列維烏斯宛如自嘲般地吐出這句話，稍微加快了腳步。

「好了，工作了，工作。凡人就像個凡人，冒牌貨就像個冒牌貨，得認真幹好沒什麼新意的工作才行。」

「有工作是嗎？接下來不是有短暫的休假嗎？」

「他們突然拜託我做件雜事。要我去回收聖劍。」

「聖劍……？」

「我不在王都的這段期間，『聖劍梅爾托爾』好像被偷走了。」

「什……！這……這豈不是很嚴重嗎！」

「不，事件本身已經解決了。盜賊往西邊逃竄——結果諷刺的是，『梅爾托爾』被前任主人討回來了。」

「前任主人……該不會是——」

布羅雅瞪大了眼睛，列維烏斯則是苦笑點頭。

「沒錯。席恩·塔列斯克把『梅爾托爾』從盜賊手中搶回來了。聽說他寫了一封書信送來王室告知這件事。實在很有他的作風。」

「……所以才要您前去回收是嗎？」

「因為那小子不可能過來王都啊。」

「沒……沒問題嗎……？因為席恩·塔列斯克如今有著啃食他人生命的詛咒……」

「啊哈哈，沒事的啦。王室那群人個個怕得跟什麼一樣，其實只要他確實壓抑著，那份詛咒也沒那麼可怕。如果是身體健康，而且有在鍛鍊的人，就算和他一起生活三天，也不會危害到身體。」

「……可……可是您也用不著特地去拿呀。這種程度的雜事，叫底下的人去就好了。」

「是啊。他們也是叫我吩咐哪個部下去。但我自願去拿。因為我覺得這是一個很好的機會。」

列維烏斯說著。

他抬頭透過走廊的窗戶仰望蒼穹，心中想著那位過去的同伴。

「如果沒有這種機會，我也沒辦法去見正牌的勇者啊。」

這一天，席恩帶著興奮的心情睜開眼睛。

「——天亮了！」

他一睜開眼瞼的瞬間，就翻開被子，跳下床鋪。

他用力扯開窗簾，一邊看著窗外的景色，一邊露出活潑的笑容。

「嗯！很棒的早晨！今天一定是美好的一天！」

他這句自言句語非常大聲。

由於太過吵鬧，原本在床上睡得好好的凪也連帶醒來。昨晚負責侍寢的人是她。她身上穿著來自東方的白色睡衣。只見她慵懶地晃動身體，揉著惺忪的睡眼。

「呃……咦？奇……奇怪？」

「哦哦，妳起來啦？凪，早啊！」

「主、主公，您早……啊……對、對不起！屬下居然不由得貪睡，結果睡過頭了！」

儘管凪剛起床時一臉困惑，現在卻突然從床上彈起。她首先跪坐，手擺在前方磕頭。

「屬下竟比主上還晚清醒，身為忠臣，實是一輩子的過失……！其……其實我昨天遲遲無法入睡……那個……我、我到現在依舊還沒習慣這種陪您安寢的行為，所……所以忍不住緊張……屬下知道這不能當作藉口。我也會努力鞭策自己早日習慣——呃，奇怪？」

凪嘴裡快速道出這席話，直到這時候才終於注意到。

房間很暗。

即使天已經亮了，敞開的窗簾外面——席恩一臉滿足地眺望的窗外景色，卻依舊一片昏暗，陽光幾乎沒有照射到地面。

現在時刻大概是凌晨三點或四點的時候吧。

「凪，別擔心。妳沒有睡過頭，是我自己太早起了。」

席恩說道。

「抱歉，把妳吵醒了。妳想睡的話，要繼續睡也行喔。我就……要做什麼才好呢？去外面繞一圈好了！」

「…………」

見席恩無比興奮的樣貌，凪卻完全跟不上。她看著一邊哼著歌，一邊換衣服，然後跑出房間的主人，只是一愣一愣地目送。

「……對了。」

她如此呢喃，這才終於發現。

「原來今天──是那個日子啊。」

就連吃早餐的時候，席恩的情緒依舊很高亢。

「嗯！真好吃！妳的手藝進步了，伊布莉絲！」

「……喔，是喔。」

今天負責準備三餐的是伊布莉絲，但即使受到主人誇讚，她的表情卻盡是不解。

餐桌上擺著麵包、火腿、連切都沒切的番茄，還有將昨天吃剩的東西再追加一點食材的雜豆湯。該說東西簡樸還是單純呢？都是些不用五分鐘就能準備好的菜餚。

「我自己說這種話可能很奇怪……可是我根本沒動到稱得上手腕的本事，這可是渾身解術的懶人料理耶。」

伊布莉絲基本上對烹飪沒有興趣，她重視的是如何快速完成。說到她的料理，就是能用多少剩菜就用，倘若食材本身能不處理就吃，她便會極力不處理，直接端上桌。

這就是對偷懶不遺餘力，渾身解術的懶人料理。

因為也並非真的很難吃，所以無人能抱怨。席恩也不會強烈批判，話雖如此，卻也不會誇獎，一直都是採取曖昧的態度。

「妳說這是什麼話！做菜不是講究就好。應該也有比起加法，減法更重要的時候！」

席恩一邊大肆稱讚，一邊拿起單獨放在盤中的整顆番茄，就這麼直接咬下去。如果是平常，他還會抱怨「妳至少……也切一下嘛」，但今天卻喜形於色地說：「嗯！偶爾用這種野蠻的吃法也不錯！」

「……少爺他為什麼這麼興奮啊？」

伊布莉絲一臉不可思議地問著坐在旁邊的凪。

「妳忘了嗎？今天——是那個日子啊。」

「啊～原來如此。」

伊布莉絲點了點頭同意。

同樣坐在餐桌前的菲伊娜也發出「嗯嗯」的聲音直點頭。

「今天是一個月一次的享受日嘛。小席大人當然會很興奮。」

「是呀。」

雅爾榭拉微笑的同時也釋出同意。

「今天是朔日——是每個月一次，席恩大人的魔力會急劇弱化的日子。」

自從受到魔王詛咒後，席恩就變成了一個光是存在就會啃食周遭生命的怪物。不受控制的能量掠奪。

平常是席恩以自己的意志，以及手套當中的封印術式才得以壓制。即使如此，依舊無法完全壓制，無論怎麼做，他就是會侵蝕周遭的生命。

話雖如此。

在「壓制狀態」下的能量掠奪其實並沒有那麼凶暴。

如果是懂魔術皮毛或對魔力有抵抗力的人，就算和席恩一起相處一個星期，也不受到多大的影響。頂多就是覺得身體稍微疲累。

但世界上並非全是強韌的人類。

有小孩、嬰兒、老人、傷患、病人……幼小的人和身體狀況差的人，特別容易受到能量掠奪侵蝕。

若是住在城鎮裡——一個月就會把那裡毀了。有戰鬥能力的人或許可以生存下來，但多數一般人的生命應該會被奪取殆盡，然後衰弱致死吧。

因此席恩已經不許再居於人群之中了。

不過——

受到這般詛咒的少年，每個月卻有一天，魔力會弱化。

朔日。

當日子來到沒有月亮出現的新月之夜——每個月就這麼一天，詛咒會急遽弱化。

平常不可能壓制住的能量掠奪——就能完全壓制住。

換句話說，席恩每個月會有一天能做回像以前那樣的普通人。

不死的體質不會變，手背上的咒印也不會消失。頂多只是吸睛能獲得控制而已——不過就只有這一天，他將不再是會恣意散發害人惡意的怪物。

不用擔心會奪走任何人的性命。

甚至能前往有人居住的聚落。

朔日是被迫隱居的詛咒勇者能像個普通孩子一樣，上街買東西、吃東西的一天。

席恩每個月都非常期待這一天到來。

「好！上街去嘍！妳們準備好了嗎？」

早餐過後，席恩在宅邸的玄關迫不及待地喊著。簡直就像個期待學校活動的孩子一樣。

他的背上揹著外出用的背包。

他在昨晚睡前已經檢查過好幾次，所以一定不會有忘記帶的東西。

席恩的準備非常完美。

但是女僕們卻——

「不是啊，少爺。就算你問我們準備好了沒，也沒用啊……我們根本還沒講好誰要跟你一起去耶。」

「唔……」

因為伊布莉絲這聲提醒，席恩終於取回一絲冷靜。

每個月當詛咒減弱的席恩要出門時，必定都是兩名女僕跟著一起去。

如果所有人一起上街，那就太引人側目了，而且宅邸也會跟著疏於管理。話雖如此，要是席恩和一個女僕單獨上街，那個女僕搞不好會圖謀不軌……等等，基於各種考量，他們最後決定兩名女僕同行才是最妥當的方法。

「這樣啊……我們的確還沒決定今天誰要跟我一起出門。嗯……妳們說呢？誰要跟我一起出門？」

席恩一問，四名女僕隨即──

「席恩大人，請務必讓我隨行。每個月僅此一次的外出機會……我會誠心誠意服侍您，讓今天成為最棒的一天。」

「我我我，我要去～我想和小席大人出去約會！」

「……我覺得很麻煩，我跳過。」

「屬下會遵從主公的命令。」

她們個個釋出這般反應。

（嗯，那就拜託雅爾榭拉和菲伊娜好了。）

正當席恩要拜託有同行意願的兩個人時──

「給我慢著，菲伊娜。妳……又想吵著席恩大人買昂貴的東西對吧？妳總是利用席恩大人每個月一次外出心情很好這一點……」

「啥？反正小席大人都說好了，有什麼關係嘛。而且我又沒有叫他買多貴的東西給我。雅爾榭拉妳還不是，只要一有機會，妳就企圖拉著席恩大人往小巷或旅館去。妳才應該適可而止。」

「妳……妳在說什麼呀……？我……我只是想撫慰席恩大人疲憊的身軀，才沒有別的企圖……」

「啊……那我先去睡覺了，你們隨便加油吧。」

「慢著，伊布莉絲。妳反倒應該出門。妳跟著主公一起上街吧。」

「為什麼啊？」

「這是為了避免妳工作偷懶。畢竟要是不在主公的眼皮子底下，妳真的會整天無所事事，只顧睡覺。這樣妳倒不如跟著出門還比較好。」

「……麻煩死了。我說屁妳才是，想去就直接說出來啊。其實妳很想出去買東西吧？妳就陪著少爺，請他買給妳嘛。」

「什……別、別說傻話了！我……可不是一個會央求男人買東西給我的下流女子！」

現場吵吵鬧鬧。

四名女僕開始爭吵。

「……啊啊，夠了，都別吵！時間都沒了！」

想儘早上街的席恩接著說出這句話：

「妳們給我猜拳決定！」

經過嚴正猜拳決勝負的結果，這次陪同外出的人是——

「……無慾的勝利啊？」

「主公，屬下陪您同行。」

伊布莉絲一臉麻煩，凪卻是恭敬地低頭。

不知這是什麼因果關係，猜拳取得勝利的人，是剛開始並未強烈釋出同行意願的兩個人。

他們三個人在表現得極為遺憾的雅爾謝拉以及菲伊娜的目送下，離開了宅邸。

越過森林後，再往前走一段路，就會看見經過整備的道路。他們要從這裡開始搭馬車。

目的地城鎮的名稱是——維斯提亞。

那是一座位在羅格那王國西方，屬於艾爾特地方的城鎮。

這座城鎮鄰近西邊國境，物品與人流來往頻繁，非常熱鬧。算是這附近最繁盛的城鎮。平常女僕們購買食材和日用品時，也幾乎會來到維斯提亞。

「哦哦，這裡還是一樣很熱鬧。」

下了馬車，走進城鎮後，席恩一邊望著時隔一個月的城鎮風貌，一邊以光彩奪目的表情說著。

以一句話形容往來城鎮的人們，便是形形色色。有打扮得整潔清爽的紳士淑女，也有聚在小巷內、外表髒兮兮的人們。才剛看到眼裡閃爍著耀眼光輝的孩童四處奔跑，一轉頭又看見隔壁馬路上有個被鎖鏈綁著的奴隸，以放棄人生般的眼神看著飄渺的前方。

城鎮的光景不只有人風光的一面，而是清濁並蓄交雜——即使如此，對一個過著與世隔絕生活的少年來說，卻是能感受到人們活力的明亮世界。

「好了，要從哪裡開始逛呢？」

席恩一邊瞭望著四周，一邊重新調整好兜帽。

雖說討伐魔王的偉業已經成了別人的功勞，但席恩獲賜史上最年少的勇者這一稱號，在這個國家依舊算是個名人。

不過追根究柢，出名的只是名字，他的長相應該沒有遠播到這樣的邊境土地。話雖如此，還是小心謹慎為上。

總之他必須避免沒有必要的騷動。

「我們先吃午飯吧，少爺。我肚子餓扁了。」

「喂，伊布莉絲。今日可是為了主公才外出，妳要自重。」

「不，沒關係，凪。我也肚子餓了，就先吃午飯吧。」

「不愧是少爺，真有人情味～」

「別……別這樣！別在大庭廣眾下摸我的頭！……不對，就算沒有人也不准摸！」

席恩駁斥胡亂摸著他的頭的伊布莉絲，重新調整好兜帽。接著把手伸進背包中，取出事先預習過的筆記。

「我看看……今天的午餐……我想吃上個月沒去成的一間叫做『銀龍亭』的餐廳。」

「『銀龍亭』……少爺，你說的那間店之前倒了喔。聽說老闆捲款潛逃了。」

「什麼！這……這樣啊……」

沒了一件樂趣，席恩很是沮喪。

這時凪——

「說到吃的……最近這座城鎮正在流行一種稀奇的點心喲。」

說出了這句話。

「點心？」

「是的。是一種稱作千層酥的點心。聽說那是外皮由好幾層派皮堆疊起來，內餡再放入瑞可塔起司或卡士達醬的一種烤點心。」

「是……是喔……原來還有這種點心。」

席恩裝作一副不感興趣的樣子，眼裡卻忍不住泛出光輝。

其實席恩對甜點沒有抵抗力。

他最喜歡巧克力和餅乾這類點心了。但他覺得喜歡這種甜品太「孩子氣」，所以一直努力不被人發現那是他最喜歡的東西。

不過四名女僕全都知情，只有席恩覺得自己藏得很好。

「我看……為了將來，還是去吃一次好了，嗯。不是我想吃，我是想滿足求知慾。」

「二號街的點心店應該有在賣。啊……不過聽說千層酥很受人歡迎，常常會在中午前就賣光了。」

「什麼！那……那就不妙了！我們得快點！」

席恩不由分說衝了出去。

為了購得新式甜點，席恩眼神大變，往前狂奔。

兩名女僕面露苦笑地看著那道小小的背影。

「哈哈，他這一點真的就像個普通小鬼。實在是很可愛。」

「……是啊。」

伊布莉絲說出可歸類在不敬的言詞，但凪沒有反駁，反而點了點頭。

她的眼裡飄盪著深深的憂愁。

「不管再怎麼強悍，再怎麼聰明……主公只是一個才活了十二年的小孩子。像那樣為了一道點心奔走大街，才是人類小孩該有的普通樣貌吧。」

「…………」

「可是主公他……卻犧牲了所有這樣的『普通』，投身戰鬥——不對，是被逼著戰鬥。那些慾望深不見底、只會耍小聰明的人類，利用主公的善良趁虛而入，讓一個尚且年幼的少年戰鬥，把他拱上『勇者』之位，然後持續利用……」

「……哈哈哈。喂喂，屈，我們沒有資格說這種話吧？妳以為少爺之所以會被逼著戰鬥，是誰害的？我們也是實實在在的元凶之一啊。」

「這……是沒錯。」

「不過我也懂妳想說什麼啦。」

伊布莉絲笑著。

她的嘴角勾起一抹諷刺而且悲哀的笑容。

「我們家的少爺等於是一邊被神猛踢著屁股催促，一邊活著的人嘛。」

身懷對人類而言過強的才能而生，這名少年就這麼持續被人任意驅使。

就因為能者為了普通人戰鬥是責任義務，他就這麼被派往戰場，持續消滅對人類而言的罪惡。

當他以為戰鬥要劃下句點時——卻受到詛咒侵蝕。

結果他遭到自己救下的人類疏遠、蔑視、迫害……他的功勳就這麼不被世人讚賞，反而逼迫他孤獨度日。

到底還要多少？

神到底還要讓席恩・塔列斯克這名少年背負多少悲劇才滿意？

神童。

這代表的真的是受神喜愛的孩童嗎？

抑或是——比任何人都被神討厭、疏遠的孩童？

「……神，是嗎？身為闇森精的妳說這種話，份量果然不一樣。」

東方的鬼靜靜點頭同意這名被神詛咒，最後墮入黑暗當中的黑暗精靈說的話。

她們兩人腦中——浮現了一年前的光景。

「四天女王」的四個人造訪宅邸的那一天。

她們眼裡看見的是——勇者的末路。

頭髮長得亂七八糟，穿著破破爛爛。因為不死的詛咒，他身上沒有一絲傷痕，然而稚嫩的臉龐卻是感情已經死絕般地面無表情。他身上完全沒有生氣，就像個空殼一樣。

過去帶著純潔正義感的眼眸，已經不再有任何光芒。

這名被世界厭棄的少年的身姿，讓人心痛得簡直不忍直視——

「——喂！伊布莉絲，凪，妳們在幹麼啊！再不快一點，就要賣光了啦！」

馬路前方。

回過頭的席恩像是等不及了一般，吐出催促。

他似乎已經開始想像點心的滋味，表情蕩漾著笑意。

那是開朗、稚嫩、沒有一絲陰霾的笑容。

看起來就像一個隨處可見的孩子會露出的表情——

「走吧，凪。」

「好。」

兩名女僕相視微笑，紛紛追上主人的背影。

他們跟著排在店門口長長的隊伍中，好不容易買到了千層酥這道甜品，味道非常好吃。

堆疊了好幾層的派皮吃起來鬆軟爽口，與夾在裡面的卡士達醬和瑞可塔起司營造出的奶油口感相輔相成，發揮了完美的加乘效果。

「這……這還真是……好吃。」

席恩吃了一口後，一邊咀嚼這股在嘴裡擴散的感動，一邊呢喃著。由於味道實在太過美妙，反而讓他降低了音量。

因為太受人歡迎，一個人只能買一個，這讓他很是不甘。吃完自己的份後，席恩便開始沮喪，此時凪笑了一聲。

「主公，您不嫌棄的話，下次屬下做給您吃。」

她說出這句話。

「妳……妳會做嗎？」

「是的。剛才我請老闆教我怎麼做了。我聽那些步驟並不會太難，只要多練習幾次，我想我就做得出來。」

「這樣啊……那就拜……拜託妳好了。不過，那個……其實我也沒有那麼想吃，不過如果妳想做的話，我也沒有權力阻止妳。嗯。」

席恩臉上完全藏不住他的喜悅之情。

這時候有隻手伸向他的臉頰。

「少爺，你的臉上沾到奶油了。都怪你吃太急了。」

伊布莉絲用手指擦去席恩臉頰上的奶油，接著伸出舌頭舔去。

「嗯，好甜。」

「〜〜唔！」

事出突然，席恩不禁紅著臉往後退。見他這個樣子，伊布莉絲一臉沒轍地苦笑。

「真是的……我都說過了，你不要每次都因為這點程度就害羞啦。你真的很純情耶。」

「我……我才沒有害羞！我只是嚇了一跳！」

他們吃完點心後，到附近的餐廳吃了一頓簡單的午餐。

接著便往城鎮最大的書店走去。

席恩環視擺滿了無數書架的店內，然後開始一一取下自己想要的書籍。

「嗯……唔嗯……」

現在他想拿下擺在位置較高的書籍，但手正好差一點就能碰到。正當他墊起腳尖，努力伸長了手要拿時，伊布莉絲從旁直接抽出那本書。

「拿去。」

「……我差一點就能拿到了。」

「是是是。那還真是抱歉哪。」

見席恩嘟起嘴來鬧彆扭，伊布莉絲也只能聳了聳肩。

「話說回來……少爺你原本就過著整天埋在書堆裡的生活了，連偶爾外出一趟都要逛書店啊？我真是難以理解。」

「不用妳管。我就是喜歡看書。」

席恩斬釘截鐵地說著。

平常都是女僕替他採買想要的書籍——不過其實席恩很喜歡像這樣直接光顧書店，四處看看尋找書籍。

如此一來，就能發現目標書籍以外的有趣書籍，他也不討厭書店特有的紙張氣味。

「追根究柢，像這種做著堂堂正正買賣的書店，會有少爺你看了覺得有趣的書嗎？」

伊布莉絲拿走一本席恩抱在手上的書端詳。

當她看見書名，便露骨地皺起眉頭。

「……《大家都看得懂的基本魔術入門》。這是什麼啊？少爺你看這種書，根本就像一隻魚問人怎麼游泳吧？」

「我是為了了解從基礎開始學的人會有什麼心情，所以才買的。」

席恩現在正致力於普及魔術。

要怎麼將無論如何都需要才能和直覺的魔術，變成具有高度泛用性，而且是每個人都能使用的技術呢——該怎麼做，才能利用魔術富裕民眾的生活呢？

為了進行這種研究，席恩想知道沒有任何才能的一般人是什麼樣的感覺。

「我只看了一點點，不過這本書很有趣喔。原來沒有魔術才能的凡人要把重點分得這麼細，然後仔細講解才會懂啊。大部分的魔術只要讓我看一眼，我就能重現了，可是我卻不懂這種非得從一開始講解到十才能理解的感覺是什麼……我看了之後才懂，原來我兩秒就能抓到的訣竅，凡人要修練一年才能好不容易學會。嗯……照著這本書所說的，一步一步踏上學習的階梯然後進步，這樣其實也是一種樂趣吧。」

「……少爺，我知道你這話沒有挖苦人的意思，可是聽起來就是挖苦，所以還是別在人前說這種話比較好。」

伊布莉絲無力地吐槽這名睜著閃亮大眼，以純粹的好奇心說出這些話的天才少年。

之後，席恩買了大約十本想要的書，離開書店。

「嗯？對了，凪呢？」

這時席恩發現了這件事。

「咦……奇怪？她跑去哪啦？她一直到剛才都還在這附近亂晃啊。」

兩人環視四周。接著立刻找到人了。

凪就站在馬路對面的商店前。

那間店是專門販賣木製餐具和家具的雜貨店。她一動也不動地站在那裡，直盯著某一樣商品。

「凪，妳怎麼啦？」

「呀嗚！」

席恩靠近凪並開口，惹得她因驚嚇而縮起身子。

「主……主公……」

「妳想要這個嗎？」

席恩看向凪熱烈盯著瞧的那件商品。

那是一個木雕玩偶。

兔子形狀的設計，長長的耳朵當然完整重現。這應該是出自手藝精良的師傅之手吧。

「沒有！屬下怎麼敢要！屬下只是看看而已！」

「凪，妳別胡扯了。妳最近每次經過這裡都會來看吧？」

「伊、伊布莉絲，妳不要多嘴！」

「嗯……凪，妳喜歡這種東西啊？」

席恩一問，凪在一陣扭怩之後——

「呃，那個……是的。」

難為情地點了點頭。

「屬下從以前開始，就喜歡這種感覺得到木頭暖意的玩偶……小時候，當東方諸國還很和平的時候，屬下也常常自己做。」

「這樣啊。」

「對……對不起，這很奇怪吧？像屬下這樣的女人，居然喜歡這麼可愛的玩偶……」

「這沒什麼好奇怪的啊。女性喜歡可愛的東西，這不是很自然嗎？」

「……唔……」

「好。」

席恩忽視不知如何反應而保持沉默的凪，逕自進入店裡。他向老闆打聲招呼，接著買下那件裝飾用的兔子玩偶。

「凪，拿去吧。我買下來了。」

「您怎能……！屬下不能收！」

「妳不用客氣。反正也沒多貴。」

價格大概是兩千艾因。

以價錢來說，就是今天一人份的午餐價格。

「但是……」

「妳就收下吧，凪。」

席恩發出強勢卻又溫柔的聲音說著。

「妳的工作真的做得很好。料理、打掃、打理田地和庭院……妳總是努力、仔細地完成工作。所以這是我對妳平日照顧的感謝。」

「主公……」

「我覺得耿直和慎重是妳的美德……所以區區想要的東西，妳可以更任性地要求我沒關係喔。」

還是說——席恩繼續往下說：

「妳認為，我是個連一件禮物也不能商量的吝嗇主人？如果是這樣，我倒是有點傷心。」

「不……不是的！不是這樣……」

凪慌慌張張地揮動雙手否定，接著猶豫似地重複了好幾次伸出手後又收回的舉動。

「……那麼，屬下就心懷感激收下了。」

最後，她收下了席恩送的禮物。

她用手摸著木雕玩偶，表情光彩奪目。

「啊啊……多麼惹人憐愛呀。」

「妳高興就太好了。」

「哎～唷～好好喔。就只送給凪，太狡猾了。少爺，也請你買個東西送我嘛。」

「……我前一陣子不是才買了一組根本貴得不必要的寢具給妳嗎？明明是妳實在煩得讓人受不了才買的，結果居然只用了一次就不用……」

「啊……啊哈哈……因為一旦真的睡上去，才發現完全不適合我嘛。」

「妳應該要多學點客氣和慎重啦……」

席恩瞇起眼睛瞪著伊布莉絲，但她卻笑著敷衍過去了。

凪就在他們兩人身旁，寶貝地抱著主人送給她的第一件禮物。

逛完了想去的店之後，太陽依舊高掛在天上。

（嗯，是我選的太精簡了嗎……）

上個月這也逛、那也逛，逛完這麼多店家，天都黑了。所以這次精選再精選，縮小了想去的店家，結果時間反倒多出來了。

「接下來該怎麼辦呢？現在回去還太早了。」

「啊，少爺，請你看看這個。」

伊布莉絲手指的是，張貼在店內的傳單。

「今天附近一個叫做卡弗蘭的村子好像有祭典喔。」

「卡弗蘭……」

當席恩聽見村名，表情瞬間閃過一股緊張。

「我看看，村中的名產是香草烤羊肉……哇啊，光聽就覺得好吃。哦，凪，妳快看。好像還有在賣用那個村子的傳統工藝做出來的人偶喔。」

「什麼！真……真的嗎……？」

「欸，少爺，我們就去嘛。」

「主公，這座村莊……正好在回去的路上。現在過去參加他們的祭典，我想回去也不致於弄到太晚。」

她們兩個人都興致勃勃，但席恩卻是……

「…………」

低著頭，沉默不語。稚嫩的臉龐透露著不安。

「……少爺？」

「呃……是啊。這樣啊。卡弗蘭村啊……」

「主公，您還好嗎？如果您身體不舒服，我們馬上返回宅邸吧？」

「沒……沒什麼。我沒事……好！既然難得今天有祭典，我們回程就順便繞過去吧！」

席恩這聲大喊很明顯是故作開朗。面對主人這種突兀的態度，兩名女僕不禁面面相覷。

卡弗蘭是一座小村莊。

村民不到一百人，算是小規模的聚落。不過今天是一年一度的豐年祭，因此還算熱鬧。看起來也有很多村外的人前來觀光。

「哦哦……」

看見因祭典而喧騰不已的廣場，凪不禁嘆為觀止。

村民們拿著樂器，在廣場上演奏音樂，舞者則是跳著舞。

這些人的正中央——立著一尊巨大的木像。

那是一尊把許多隨意雕刻過的木材拼接起來的東西，上頭以鮮豔顏色的染料畫上各種花紋。看似鳥兒、獅子或人，有著非常不可思議的樣貌。

那樣東西似乎是這座村落的一種傳統工藝，可以看到有很多設計類似、大小不等的木像在攤販販售。

「那就是這座村落的守護神，卡弗蘭木雕像嗎……」

「真是噁心的設計。」

「妳……妳在說什麼啊，伊布莉絲！難道妳不懂卡弗蘭神的美妙之處嗎？」

「……我反倒想問妳，妳怎麼懂那玩意兒的美妙？」

伊布莉絲一邊啃著剛才在攤販買的香草烤羊肉，一邊傻眼地說著。

「剛才那隻兔子我還可以理解。作工非常精巧，也很可愛。可是這個……從頭到尾都做得很隨便耶……」

「這不是隨便，是風格。乍看之下，雖像個醉鬼在胡鬧之下做出來的醜木像……可是只要仔細一看，就會有一股難以形容的韻味不是嗎？」

「才沒有，不管我怎麼看，都像是醉鬼在胡鬧之下做出來的醜木像。」

伊布莉絲大大嘆了一口氣。

「算了啦，這不重要。問題是……」

說著，她回頭看向背後。

只見席恩一個人呆站在稍微遠離人群的路邊角落。他重新將變裝用的兜帽蓋好面孔，宛如不願直視祭典的喧囂一樣。

那是一種懼怕著某種事物的態度。

自從進入這座村莊後，他開口的次數也跟著大幅減少。

「……情況很明顯不太對。」

伊布莉絲說完，原本緊黏著奇特木像的凪也露出擔心的神情。

「主公的身體果然有哪裡不適嗎？還是發生了什麼掃興的事呢……無論如何，還是早點回去好了。」

「也對。喂，少爺。」

她們兩人走近席恩身邊。

「……嗯，怎……怎麼了嗎？」

「我們差不多該走了吧？我覺得這個祭典沒有我想得那麼了不起。」

「這樣啊。可是……凪沒關係嗎？妳不是想要那個人偶……？」

「不。那東西太偏離我的喜好了。所以我們快點回去吧，主公。」

在伊布莉絲和凪的建言下，席恩於是決定提早返家。

事情——就發生在這個時候。

「你是怎樣！外人還這麼猖狂！」

「啊啊？你說什麼……你這鄉巴佬！我肯光顧這種窮酸的祭典，你就該心懷感謝了！」

一道撕裂開朗音樂的罵聲就這麼響徹廣場。

仔細一看，有兩個男人正怒氣沖沖地互瞪著。似乎是一個體型壯碩的擺攤男子，和從村外來到這裡的清秀男子發生了爭執。

人群中突然開出一個空洞，所有人逐漸遠離兩名男子。

「哦，吵架啊？總算開始有祭典的味道了。好啊，快上啊。」

「伊布莉絲，別起鬨……主公，該怎麼辦呢？要我去制止嗎？」

「不。」

席恩看著兩名男子。

他並未從雙方身上感受到任何能力。看體格和架勢，也很明顯是沒有任何戰鬥經驗的人。

周圍的人們雖有人覺得害怕，也有想去制止的人，但大部分都跟伊布莉絲一樣，煽動著雙方的怒火。這樣的紛爭或許是這個村莊在祭典時的家常便飯吧。

「沒有必要跟他們扯上關係。」

他們三個人轉身背對紛爭，就要舉步離去。

然而下一秒——

「不要……不……不要推我……呀！」

「小心。」

有名女性被為了一睹紛爭的圍觀群眾推擠，往席恩身上倒去。

席恩反射性撐住她的身體。

「請問妳沒事吧？」

「我……我沒事。非常謝謝——呃！」

受到幫助的女性正要說出謝詞，卻在看見席恩臉孔的瞬間，瞪大了雙眼。她臉上的血色一下子刷白，眼神也被恐懼支配。

因為對方釋出如此反應，席恩這才慌慌張張伸手摸頭。

他的兜帽。

理應深深蓋住眼睛的兜帽，因為支撐女性的衝擊，已經掀開。

那張稚嫩的臉龐——就這麼曝光。

「……不……不要啊啊啊啊啊啊！」

女性一邊發出尖叫，一邊遠離席恩。那是人類差點被怪物吞進肚子裡會有的反應。

因為這道如雷貫耳的尖叫聲，身在廣場的那一大群人紛紛看向席恩。

接著——

「呃……喂……那個小鬼……」

「黑髮紅眼，還有右手的手套……錯……錯不了！他是那個時候的小鬼！」

「不會吧！為……為什麼……那隻怪物又來到這座村子……」

「喂……喂，什麼啦……你們怎麼啦？那個小孩子怎麼了嗎？」

「傻子！還想要命就別靠近他！」

現場喧囂吵雜。

心慌和恐懼就像浮在水面上的波紋一樣，不斷往周圍擴散。

眾人以席恩他們三人為中心四處逃竄。紛爭已經停止，音樂和舞蹈也靜止。

熱鬧的祭典氛圍瞬間消散無蹤。

無數的視線不斷扎著席恩。

那些染上恐懼與畏懼的眼神大多來自村人身上。

「……什麼？這……這是在搞什麼啊？」

「主公……？這到底是……」

席恩低下頭，悔恨地咬緊下唇。

「……可惡。果然不該來這裡……」

在這樣的一來一往之中，村人們的恐懼開始加速。

他們吩咐女人、小孩和老人馬上離開廣場，只剩下男人在場。其中還有人從家中拿出武器。有不知已經多久沒有保養的鏽劍、農作使用的鐮刀和鋤頭，以及路邊的石頭。村人們拿著這些稱不上是武器的武器，就這麼對著席恩。

「你……你這個怪物！來我們村裡幹什麼！」

「你這次——打算殺了我的孩子嗎！你休想得逞！」

「你……你……你馬上給我滾出這個村子啊啊啊！」

他們個個因激動聲調高亢，因恐懼抖動著雙腳。即使如此，村裡的男人們還是對席恩射出敵意。

見他們如此拚命，這種賭命守護家人、同伴的拚命樣貌，讓席恩的表情不斷增添悲痛。

「……你……你們誤會了。我——」

「嗚……嗚哇啊啊！別、別過來，怪物！」

正當席恩往前探出身子時，一名村人朝他扔出石頭。

現場發出一道低沉的聲響。

石頭擊中了席恩的頭。

就算席恩什麼都不做，他的身體早已用魔力強化過，區區石頭根本傷不了他分毫。不只不會受傷，就連疼痛都不會有。

即使如此——那張稚嫩的臉上依舊浮現沉痛的表情。

那是宛如隱忍著拷問的劇痛般，令人很是心疼的表情。

以席恩的身體能力和反射神經，只要他想閃避就一定閃得過，想接住石頭也一定接得住

——然而……

他的心已然靜止。在企圖解釋的途中遭人拋擲石頭，已經足以讓這名少年放棄一切。

「主……主公！您還好嗎……我……我很抱歉。我還以為您一定會避開那種程度的飛石……」

凪一臉擔憂地關切席恩。另一方面，伊布莉絲則是——

「……你們這群人死定了。」

她以蘊含漆黑憎恨的眼光瞪著村民們。面對那股非人的威壓，好幾個村民因此軟腳癱在

地上。

「伊布莉絲，快住手。妳想連村子也一起毀了嗎？」

凪以堅定的聲調制止耳朵開始變尖的伊布莉絲。不過她的眼裡也閃著冰冷的殺意，同時伸手握住腰間的太刀。

「要是讓他們當場死亡，不就沒有時間懺悔了嗎──只要砍掉一隻手當作警惕，這就足夠了。」

「嘖，妳就是人太好了。」

村民們被這兩名女子散發出的非人氣息震懾，表情個個抽搐不已。

正當她們就要降下冷酷制裁的瞬間──

「快住手！」

席恩發出幾乎可說是怒吼的大喊，讓她們兩人雙雙停止了動作，回頭以不安的眼神看著他。

席恩看了她們一眼，走到前方讓兩人退下。

「我很抱歉。像我這樣的人，本就不該靠近這裡。」

他說著，同時低頭致意。

就像請求他人原諒一樣。

「不過……你們放心吧。我——什麼都不會做。我不會危害你們，也會馬上離開村莊。」

抱歉，你們難得舉辦祭典，我卻來打擾。

就這樣。

席恩以一副真的很愧疚的樣子說完這句話，轉頭背對村民舉步離開。

伊布莉絲和凪則是頂著無法釋懷的表情，隨後跟上主人。

「啊……有夠不爽的……」

三人逃也似地離開村莊，正往街道走去——

伊布莉絲發出打從心底不悅的聲音。

「難得的好心情全被糟蹋了。」

「……對不起，都是我害的。」

「呃……不是，我不是在責怪少爺你喔！我不爽的是那些莫名其妙的村民……」

「主公。」

凪停下腳步說：

「如果您不介意……可否告訴我們事情原委？您以前在這座村莊發生了什麼事？」

「…………」

席恩也停下腳步。

沉默落在三人之間，只有微風吹拂草原的聲音傳入耳中。

太陽已經開始西沉，彩霞渲染著周遭的景色。

這時候席恩終於張嘴，以沉重的口吻開始訴說。

「……兩年前，我被趕出王都之後，來到這個艾爾特地方。」

其實——他並沒有明確的目的地。他只是一邊遠離人多的地方，一邊漫無目的地徬徨至此。

「我碰巧走到這附近的時候——感覺到有魔獸的氣息。」

魔獸。

那是基於魔力降生的野獸的統稱。

魔獸襲擊人類聚落絕非什麼罕見的事情。儘管魔王死後，據說大陸各地的魔獸力量已經減弱，還是沒有完全滅絕。

王都和大都市雖有駐防的王國騎士團和警備員負責維安，卻沒有人手能顧及小規模的村落，這就是現狀。

「我追著那股氣息……結果看到出村準備祭典的村民差點被魔犬襲擊。」

當時是一群村人為了收集木材，企圖進入森林當中。

他們全都立刻逃跑——卻有一個女孩子晚了一步。

「我急忙跑過去……殺了那隻魔獸。」

那是一連串反射性的行動。

看見一個孩子遇襲，他的身體比思緒動得還要快。

然而——現在回想起來，那就是敗筆。

他應該多想一點。

想想自己如今已經變成什麼樣的存在——

「我趕到的時候，那個女孩子已經快被吃了……那時候我沒帶武器，用遠距離攻擊魔術又有傷到少女的危險性。所以我——選了一個最快又確實的手段。」

席恩說著，舉起自己的右手。

「我靠近魔物，扯開手套，用這隻右手觸摸牠。」

這就是對現在墮落成怪物的席恩而言，最確實也最快速的攻擊手段。

「真呼吸」。

藉由直接用受到詛咒的手觸碰，在一瞬間將所有生命啃食殆盡，直至死亡。

「那隻魔犬很快就死了喔。」

席恩認為牠是一頭凶惡的魔獸。如果不是騎士團本部的精銳，牠凶暴的程度恐怕不是常人可以應付的等級。

不過——在席恩面前，卻和路邊的小狗沒什麼兩樣。

只不過像是輕撫牠的頭那樣觸摸身體，魔犬的生命力就被連根拔起，巨大的身體宛如腐朽般崩解，最後化為灰燼消失。

「我是成功平安拯救少女了……可是……」

他打敗了魔獸。

成功拯救了少女。

但席恩隨著安堵回頭見到的光景卻是——

「……他們沒有人開心，也沒有人笑。不只如此……他們用彷彿看著怪物般的眼神看著我。」

他們顫抖的眼神就像遇上魔犬那般恐懼——不對，應該說已經更勝那股恐懼了。

比起猙獰的魔犬，村民們更懼怕席恩。

「這很正常。只要摸一下，就能讓魔獸像腐朽一樣死去的小孩……當然很可怕了。他們會比魔獸還懼怕、忌諱我……是理所當然的事。」

當時的席恩心中還存有一絲天真的想法。

即使頭腦理解了，他的心卻無法理解。

或許是因為被稱作神童和勇者，被人們視為英雄的感覺還殘留在心中吧——或許他的內心深處還存有一絲期待。

只要打倒明顯做惡的一方，別人就會像以前一樣誇讚他。

但當下等著少年的——卻是恐懼與顫慄的眼神。

彷彿看著一種不知名怪物的眼神就這麼刺在自己身上。

他錯了。

抱著一絲淡淡的期待，本身就是個錯誤。

此外——

真正的錯誤，接下來即將發生——

「打倒魔獸之後……被我救助的女孩子來到我身邊……」

他當時應該馬上離去。

既然已經打倒魔獸，村民的安全就算確保住了，所以他應該一句話都別說，立刻消失

——然而……

席恩卻呆站在原地。

面對懼怕自己的村民，他還想著要去解釋。愚昧如他，他竟想解釋他不是惡徒，也不是怪物，只是想保護他們而已。

這樣的躊躇——就是最糟糕的錯誤。

「……靠近我的那個女孩子，在痛苦呻吟之後就昏倒了。因為我……吸取了她的生命……」

畢竟上一刻才剛解放詛咒之力打倒魔獸，詛咒的力量當然還沒鎖緊。加上席恩兩年前控制能量掠奪的能力還沒有現在這麼純熟。

因此與他的意志無關——少女尚且年幼的生命就這麼遭到啃食。

倒在地上的女孩子就像缺氧一樣，痛苦地喘著氣。

但席恩甚至不能對她伸出手——

「……後來我馬上離開了那個地方。因為要拯救少女的生命，這麼做才是最好的方法。」

他逃也似的，宛如害怕著什麼，只是往前狂奔。

就算想查看少女的身體狀況，只要席恩越靠近她，她的生命就越有危險。唯有儘早離開——才是他能為少女做的唯一一件事。

「她沒有直接碰到我，我也馬上離開了。所以我想，應該只是體力暫時流失而已……不過我也不知道事實究竟如何。因為我從那天起一直到今天，都盡可能不靠近那座村莊……」

說完，席恩抬起頭來。

伊布莉絲和凪正以沉痛的面容低頭看著他。那是彷彿被無處發洩的憤怒和悲傷折磨，消化不良的表情。

「這樣妳們懂了吧？這就是那座村莊忌諱我的理由。」

「……我根本就不懂。」

伊布莉絲以夾雜著焦躁的聲音拋出這句話。

「這算什麼啊？簡直莫名其妙。少爺你……什麼壞事都沒做不是嗎？別說壞事了，你還是那座村莊的恩人耶……可是卻這樣……」

「主公……您甘願接受嗎？這樣您豈不是……太不值了嗎？」

「也沒什麼接不接受的，這也沒辦法啊。」

席恩雲淡風輕地說。

「我已經變成這種存在了。但當時的我還不夠有自覺。所以才會搞砸。只是這樣而已。」

聽聞這席晚全放棄一切的話語，伊布莉絲和凪頓時喑啞。

席恩回頭望向背後。

看著那個忌諱自己、拒絕自己的村落——然後笑了。

平穩地、溫柔地微笑著。

「真是個好村子。」

「啥?」「咦?」

伊布莉絲和凪都是一副無法理解的表情。

「對住在那座村子的人來說,我應該是個可怕的怪物。是個能瞬間讓魔獸斃命、讓少女昏厥,既凶惡又可怕的怪物……即使如此,那些村民們面對我,還是勇敢對抗。他們讓女人、小孩先逃,想守護村子不被我危害。」

拿著不能稱作武器的武器,就算表情已經因畏懼和恐懼抽搐——他們還是打算奮戰。為了守護同伴和家人,他們拚上性命,企圖和絕對無法戰勝的對象拚鬥。

「為了自己心愛的人,無論是什麼樣的敵人也會奮起面對。即使犧牲自己的性命,也要為了守護他人而戰——我覺得這就是人類美麗的地方。所以我會對他們的愛與勇氣表達敬意。」

「你這樣……算什麼啊……」

「主公,您到底……要多麼……」

伊布莉絲和凪的眼裡堆滿了悲痛。她們緊握垂落在身體兩側的手,宛如拚死忍著不知該往何處發洩的憤怒。

「別擺出這種表情，伊布莉絲，凪。這樣就好。我覺得這樣就好了。」

席恩說著。

就像要說給自己聽一樣。

在稚嫩少年幾近自我懲罰的正義感和聖人般的博愛面前，女僕們實在不知道應該對他說些什麼。

當他們回到宅邸時，天已經完全黑了。

吃完晚餐，洗完澡之後，馬上就是就寢時間。

「……今天也要結束了嗎？」

坐在寢室椅子上的席恩一邊眺望窗外，一邊自言自語。

今晚是新月——

沒有月亮的夜空，星星顯得比平時更耀眼。

「明天開始，又要繼續關在家裡了……」

睡一覺後，明天就會到來。一旦明天到來——弱化的詛咒又會恢復原樣。他將回到光是存在，就會玷汙世界的可怕怪物。

所以唯有今天，唯有每個月一次的這一天，他本想忘卻一切——

沒想到在最後關頭還是有了令人厭惡的回憶。

「……不對，我這麼想就太厚臉皮了。有了厭惡回憶的人，應該是住在那個村子裡的人才對……」

就在這個時候。

叩叩。

有人敲響寢室的門。

「進來吧。」

「打擾了。」

走進室內的人是雅爾榭拉。她穿著平常那件很像薄紗連身裙的睡衣，舉步踏進室內。

「今天輪到妳陪我睡覺啊？」

「哎呀，您說出這麼不近人情的話，讓我覺得有點傷心呢。」

雅爾榭拉故意鼓起腮幫子。

「我總是等不及要和您共度夜晚。當值的那天，我從早上睜開眼睛的瞬間，只要一想到晚上，便會覺得很興奮……看來您並非如此呢。您已經厭棄由我侍寢了嗎？」

「不……不是啦……」

「呵呵呵，我很抱歉。我這話說得有些諷刺。」

見席恩不知如何反應，雅爾榭拉嘻嘻笑道。

接著，她的臉上浮現一抹豔麗的笑容。

「好了，席恩大人，您希望我今晚為您做什麼呢？」

她一邊以嬌豔的聲音輕語，一邊靠近席恩身邊。

「要不要把頭靠在我的大腿上，讓我幫您掏耳朵呢？還是要我細細幫您按摩全身上下，緩解疲勞呢？又或者……只要您希望，要我再做更激烈的侍奉也可以喲。一切都遵照您的吩咐。」

她的笑容有著紅唇描繪的豔麗，眼神帶著情熱。能將這世間所有男子都迷為俘虜的上等香色，現在就擺在年幼的少年眼前。

如果是平常的席恩，在魅魔女王如此脫離人類的妖豔前，肯定會紅著一張臉，倉皇失措。

但是——

「……不了，妳什麼都不用做。」

席恩從頭到尾靠著椅背，嘴裡無力地說道：

「我今天有點累了。睡吧。」

「席恩大人……」

雅爾榭拉卸去勉強自己假裝開朗、扮作娼婦的那份刻意。她看著主人的那雙眼裡，蕩漾著不安與憂愁。

「……我從伊布莉絲和瓜口中聽說了卡弗蘭村的事了。」

她以隱忍痛楚般的聲音說。

「您似乎有了一場難受的經歷。」

「沒有這回事。我已經習慣了。」

「…………」

「我話先說在前頭……妳可別去危害那座村子喔。」

「我什麼都不會做的。」

席恩為防萬一如此吩咐，雅爾榭拉只能有些彆扭地允諾。

「那就好……」

「真是的，您把我當成什麼樣的人啦？」

「不是，因為妳……」

「當然了——對那些絲毫不知感謝您救命之恩，恬不知恥地貪活，最後還對您砸石頭，將您當作怪物看待的村民們，我實在覺得怒不可遏。我都想將他們滿門不論男女老幼，全抓起來殺死百回，再復生百回，一直折磨他們，直到對方主動求我殺死他們。我要讓那些人嚐到地獄的痛苦滋味，最後再取他們性命。我還要用紅蓮業火燒光整座村莊，淨化那塊受盡汙染的土地。」

「…………」

妳就是這種人——席恩剛才正想這麼說。

可是——雅爾榭拉繼續往下說：

「我不會去做您不希望的事。」

「…………」

「即使那是迫害您的村莊，對您而言，依舊是心愛的人類對吧？」

「……是啊。」

席恩點頭。

「我喜歡人類。只要能讓所有人過著和平的日子，我不在乎別人怎麼看我。」

席恩靜靜說著這份幾近自殘的人類愛。

雅爾榭拉不發一語地聽完這些話，眼裡透出一抹寂寥色彩——

然後轉而望向窗外。

「今天——月色真美麗。」

「……今天可是新月。看不見月亮的。」

「正因為看不見才美麗呀。看不見才會去想像。要抱著希望親眼看見的意念，然後想像。當你在心中描繪出理想的樣貌時……就不會對現實的醜陋失望了。」

雅爾榭拉一邊說著意味深遠的話語，一邊牽起坐在椅子上的席恩的手，輕輕引導他站起。

「我喜歡新月之夜。一個月一次，只有月亮融入夜空的今晚——月亮才不會看見我們。」

「月亮不會看見……」

看不見月亮的夜晚——反過來說，或許也能解釋成月亮看不見我們的姿態。

不會被月亮俯瞰，黑暗深邃的夜晚——

「這個世界有些太過明亮了。白天有太陽君臨蒼天，夜晚有月亮霸道地俯視下界。那傲慢的光芒吞食了群星黯淡的光輝，就像企圖把一切全攤在檯面上一樣——可是只有現在……只有月亮隱身的今晚，我們不必畏懼光明。溫柔的黑暗將會隱藏一切。」

「雅爾榭拉……哇！」

雅爾榭拉強勢拉扯席恩的手，引導他倒臥在床上。

應那雙纖細臂膀的邀約，席恩自然而然被雅爾榭拉壓在身下。他的臉完全埋入那對將睡衣網上撐起的巨大雙峰中。

「～～唔！」

「請您不要害怕，席恩大人。」

席恩原想倉皇地起身，雅爾榭拉的雙手卻繞到他的背後，阻止他起身。

雅爾榭拉一個使力。

抱緊了席恩全身。

她摟著席恩的後腦勺，將臉龐深深埋入乳房中——不只他的臉。不論胸膛、腹部還是下半身，席恩全身上下都宛如埋在柔軟的女性身體當中。

（……嗚哇，好……好軟……而且這個香味……）

雅爾榭拉身上有股香味。席恩不知道這是香水還是體味，但那是一股彷彿能直接融化腦袋的甜美芳香。

「您有崇高的意志、神聖的理想、過於溫柔的愛……這每一種特質都讓我十分敬愛——但是，請您不要把一切都扛在自己身上。」

「……雅爾榭拉。」

「您已經不是一個人了。我們四個人絕不會讓您孤獨。所以，所以……拜託您，請您別連在我們面前也要逞強。請不要扮演勇者。請您不要——害怕我們會離您而去。」

「我、我是……我——」

「放心吧。」

雅爾榭拉說著。

她一邊溫柔地抱著席恩，一邊在他的耳旁輕語：

「今晚是朔夜——就算再怎麼醜態百出，也不會被月亮發現。溫柔的黑暗會將罪惡、痛苦……將一切都藏起來。」

讓人融化般的甜美聲音，就這麼滲透到內心深處。包覆全身的溫度彷彿慢慢融化了冰封的心靈。

最後——

「……嗚……嗚……嗚哇啊啊啊啊啊！」

席恩哭了。

他放聲大哭。

他將臉埋入女人的胸部內，像個嬰孩一樣大哭。

「嗚哇啊啊……啊啊啊…………！可惡！畜生！為什麼啊……到底是為什麼……為什麼我非得受到這種對待……！」

沉痛的吶喊逐漸從喉嚨深處傾巢而出。

「開什麼玩笑啊，那座村莊的村民們……！他們以為多虧有誰才得救的！是我！是我救了他們！而且我打倒那隻魔犬後……還獨自在那座村子周圍巡視了好幾天，最後找到魔犬的巢穴，把牠們全殺了！要是沒有我，那座村莊早就沒了！那幫人之所以還能活著，都是我的功勞啊……可是為什麼……為什麼我非得被他們排擠不可啊……！」

他並非想要回報。那是他出自善意的行動。在善心的策動之下，席恩才會展開行動。

所以——他才會拯救差點被邪惡魔獸襲擊的村莊。

既然他的目的已經確實達成，或許打從一開始，席恩就不該有任何怨言。

可是就算這樣。

依舊不是這麼簡單就有辦法劃清界線。

既然幫了人，那就會想要回報。

既然救了人，那就會想要感謝。

即使沒有任何回報——至少也要笑臉以對。

席恩並沒有麻木到能為了貫徹無私的正義、為了無償的博愛捨命。

無論席恩多麼強悍，多麼天賦異稟，他也只是一個十二歲的孩子。

少年那副幼小的身軀背負著無關因果罪業的命運，一直忍受那份重量到今天。不管心靈受到多少壓迫，他還是未曾哭訴，持續忍耐著。

可是現在——

「……嗚……嗚嗚……你們這些無賴……！我討厭你們，最討厭了！不管是那個村子那些不知感恩的傢伙，還是王都那些過河拆橋的傢伙，還有……完全不感謝我，厚著臉皮活在世上的所有人，我討厭你們每一個人！」

我喜歡人類。

那個一直如此告訴自己的少年，現在高聲否定。他毫不避諱地帶著哭腔吼出那些過於幼稚的厭惡之情，以及染上認同慾望的憤怒。

「我可是……勇者啊！是我打敗了魔王！是我救了全世界！現在之所以和平，那都是我的功勞！因為有我在，你們才能活得這麼和平！可是……可惡……為什麼啊？為什麼我要受到這種對待……你們說說看我到底做了什麼啊……！你們要給我更多……更多更多的感謝！誇我啊！說聲謝謝，然後對我笑啊……求求你們……不要……不要討厭我啊……」

席恩任憑負面情感傾巢而出，就這麼哭喊著。

他的哭喊逐漸變成嗚咽，憤怒逐漸變成懇求。

「……嗚……啊啊……咿……啊啊啊……我受夠了。我好累……好難受……好痛苦……我好怕，好可怕……我真的……好害怕。我一直、一直……都怕得不得了……我怕這個已經

根深柢固的詛咒——也怕別人把我當怪物看的眼神……好可怕。我好怕……嗚……嗚哇啊啊啊……」

要高潔。

要清廉。

要出色。

此外——還要強悍。

因為我是被選上的人。

是人稱神童的天才。

他活到今天，始終如此鞭策自己。為了回應周遭的期盼，他拚命如此鼓舞自己。只要是為了大家的笑容，無論發生多麼不講理的悲劇，他也能忍受。

始終保持著自身強悍的少年——被迫必須強悍的少年，現在卻讓人看見自己的懦弱。

憎恨、憤怒、憎惡、憤慨……他將自己身為人類的懦弱和醜陋，全隨著感情拋出。

又或者，這應該算是——撒嬌吧。

他不知道自己的父母是誰，加上太過天賦異稟，使得這名少年一路被周遭的人要求必須強悍——現在他卻首次向人撒嬌了。

「嗚……嗚嗚……雅爾榭拉，雅爾榭拉……我……我……」

席恩的話語已不再蘊含意義，他只是一個勁地呼喚這名包容著自己的女性的名字。

而雅爾榭拉——卻是一句話也沒說。

她只是像個聖母一樣，露出淺淺的微笑，溫柔地默默抱著席恩。無論席恩抱怨、說喪氣話、現出怯弱還是醜陋，她都原原本本地承受，並試圖去接納。

（啊啊——）

當席恩回過神來，這才發現自己用力抱著雅爾榭拉。他全身上下都感覺得到女性身體的柔軟。

（好暖和……）

這一刻激動和羞恥全都不可思議地消失了。

有的只是安穩與平靜。

被迫背負著對人而言過多的非因果罪業，那顆持續遭到壓迫的心，現在已經輕鬆了許多。

（好想一直維持這樣。永遠……永遠……）

在輕柔的暖意中，席恩不知不覺入睡。

不發一語抱著席恩的雅爾榭拉就像黃昏一樣溫柔，像黑暗一樣溫暖。

雅爾榭拉以溫柔的眼神看著睡在臂彎中的席恩。

（啊啊，這真是……多麼可愛的睡臉。）

如果是平常，光是看見他的睡臉，魅魔特有的那份宛如開水奔騰般的性衝動便會幾乎支配全身——但神奇的是，今天卻沒有那種感受。

她伸出手，拭去席恩臉頰上的淚水。想起剛才席恩與嗚咽一同叫喊的樣子，她的胸口就像被勒住一樣疼痛。

（你一定是一直、一直……隱忍到今天對吧。不管是不幸、孤獨還是憎惡，你都一再忍耐，持續地忍耐……）

這副用雙手包覆著的身體，稚嫩、嬌小到令人覺得殘酷。

這麼嬌小的身體裡，到底承受了多少東西在裡面呢？這麼纖細的軀體裡，藏著那麼堅強的意念嗎？

（……可是，你這個人並非用堅強堆疊起來的。）

這是理所當然的事。

雖然理所當然——這名少年過去卻連這麼一點理所當然都不被允許。

「席恩大人……」

一股既不是憐憫也不是母性的複雜情緒，在雅爾榭拉心中翻騰。就連她自己也不清楚這股逐漸膨脹的感情究竟是什麼東西。

她只是——想陪在席恩身邊。

一直陪伴到最後。

她打從心底祈願，希望這名已經被迫見識到地獄的少年，別再看見更多地獄了。

「……席恩大人，您還記得嗎？」

雅爾榭拉對著那張睡臉提問。她的嘴角勾勒著一抹平靜的微笑。

「一年多前……我們四個人造訪這幢宅邸時的事。」

「四天女王」。

身為魔王軍幹部而馳名的四名高階魔族。

她們在一年前來到席恩面前。

來到身為魔王仇敵的勇者面前——

「您已經發現了吧？我們來人界尋找您——是希望您能殺死我們喔。」

她們希望自己能被殺死。

為了請勇者殺死她們，她們才會尋找勇者的下落。

魔王死後——

她們在魔界便沒了容身之處。因為她們——在最後關頭背叛了魔王。

敗給席恩這個勇者，正當魔王降下罰責，就要將她們處刑的瞬間——她們竟被勇者救下，不僅恬不知恥地苟活，最後關頭還和勇者一起戰鬥。

居於魔界的魔王軍殘黨不會容忍她們的存在。

魔界沒有一個角落容得下她們。話雖如此，人界也不可能會有她們的容身之所。改變樣貌，裝成人類過活，或許就能勉強生存。但她們身為高階魔族的矜持，無法容忍自己這麼做。她們並沒有不惜模仿人類也想活下去的意念。

所以——乾脆一死了之。

既然要死，那她們想死在勇者手上。

他比任何人都強悍，內心無比高尚，然而卻心善得像一場謊言。她們希望席恩・塔列斯克能揮舞那把自豪的利刃，葬送她們的生命。

這不是某個人的提案。

而是四個人全體一致的意見。

「我們希望您能殺死我們。既然要死，我們寧願死在您的手上。我們覺得如果能被您殺死，結束這一切，那就是無比的幸福了——可是我們找了好久，就是找不到您。」

她們原以為很快便能找到人。

既然是打敗魔王的勇者，那就是留名青史的英雄。所有人類必定會尊崇席恩．塔列斯克，他會像神一樣君臨人類社會。

然而——現實卻並非如此。

打敗魔王的人變成了另一個男人，她們到處都找不到席恩．塔列斯克。甚至沒有人知道他的行蹤。

她們四個人就這麼不明究裡地持續尋找著席恩——

「我們找了又找……好不容易找到您——可您因為詛咒，變得判若兩人。」

眼神漆黑汙濁，彷彿所有感情都因死而停止了一樣。

從前蘊含著勇氣和希望的那雙眼眸已經不見蹤影。要見識到什麼樣的地獄，要嚐過多麼刻骨銘心的絕望，一個人才會變成這樣呢？

雅爾榭拉她們四個人——頓時不知該如何是好。

為了尋死而尋找的勇者，已經不再是勇者。

他因為詛咒受到眾人迫害，卻又不想傷人。為了人類，過去的勇者能走的唯一一條路——就是選擇不再和人扯上關係，孤獨地活下去。

看不見盡頭的永恆孤獨，將他變成了一具行屍走肉。

「……我現在還是歷歷在目。因迫害與孤獨而滿目瘡痍的您——還有看見我們的瞬間，浮現一絲喜悅之情的您。」

當席恩注意到雅爾榭拉等人是「四天女王」時，因黑暗而汙濁的眼睛，頓時浮現一道光明。

那恐怕──是對接觸到他人這件事感到喜悅吧。

少年在孤獨當中缺乏與人互動，渴求著他人，如今久違的對話大概讓他很是高興吧──即使她們是曾經數次互相廝殺的仇敵也一樣。

──這樣啊，原來妳們也一樣，無論何處都沒有妳們的容身之所。

他們三言兩語交談了幾句後，席恩這麼說道：

──妳們幾個，要不要跟我一起在這裡生活？

他看起來有些膽怯，也像要抓住一縷救命稻草一般。

──我已經……受夠孤獨了。

想必就是那個瞬間吧。

當他以彷彿隨時會落淚的表情說出這句話的瞬間──便觸動了雅爾榭拉她們四個人的內心。當這名以無比強悍為豪的勇者表現出轉瞬之間的怯懦時，她們的心就已經無可救藥地被打動了。

她們無法不管這名儘管拯救了世界，卻被世界厭棄的少年。

她們親眼看見這份過於沉痛的遭遇，心中頓時被一股近似憤怒的悲傷掩埋。

她們萌生了不願棄這名孤零零的少年於不顧的想法。

「……那一天是我們重生的日子。是失去容身之所的我們，找到了在您身旁這個居所的日子。也是決定要為了您使用這條本想被您殺死的生命的日子喲。」

雅爾榭拉一邊看著睡得安穩的主人，一邊滔滔不絕地說著。

她的聲音溫柔且平靜，更有著一份真摯。

「席恩大人，請您放心吧。我們哪裡都不會去。我們會陪著您，直到生命的盡頭。」

雅爾榭拉繼續說：

「無論全世界的人對您投向多少惡意，我們也會用更多的愛包覆著您。無論有多麼殘忍的命運襲向您，我們也會用更多的幸福將您填滿。」

這是一段誓言，同時也是希望。

雅爾榭拉再度包覆著席恩，抱緊他。

宛如抱著心愛的孩子一樣溫柔，又像擁抱所愛之人那樣，帶著強烈的熱情。

沒有月亮的夜晚，就這麼靜靜地、靜靜地迎來天明。

隔天早上，他簡直羞愧到快死了。

「席恩大人，您早。」

「～～唔！」

一睜開眼的瞬間，席恩發現自己始終抱著雅爾榭拉。

雅爾榭拉的臉就近在眼前，讓他比平時還不敢直視。他只好快速起身，和雅爾榭拉保持距離。

（嗚哇啊……嗚哇啊啊啊啊～～！我……我怎麼能……！）

他回想起就寢前的記憶，鮮明到令人生厭的地步。

儘管有一股強烈的羞恥襲上心頭，席恩還是想盡辦法，拚死打起精神。

「咳咳！我……我昨天似乎讓妳看見有些窩囊的一面了。」

他裝模作樣地說著。

「什麼？您是指什麼呢？」

只見雅爾榭拉臉上還是往常那副微笑，不解地歪著頭。

「說來丟臉，其實我完全不記得昨天的事了。躺上床後，我馬上就失去意識了。」

「……這……這樣啊。」

真是個明顯的謊言。

她明明什麼都知道，還裝作沒看見，這讓席恩心中萌生一股焦慮、窩囊又複雜的心情。

雅爾榭拉不顧逕自煩惱的席恩，起身站到窗邊。

她雙手拉開紗簾，刺眼的陽光便射進房間裡。

「席恩大人，今天的天氣真好。」

窗外是一片晴朗無雲的藍天。

太陽高掛在蒼天上，恣意照著全世界。

覆蓋一切的黑暗已經不見蹤跡。

人們又必須走在陽光底下了。

「……是啊。天氣真好。」

席恩看著外頭說道。

很神奇地，他的心沒有一絲陰霾。明明每次過完新月之夜，他總會以有些提不起勁的心情迎接早晨。

「那請您更衣後下樓吧。」

席恩「嗯」了一聲點頭，回應雅爾榭拉的話。

「嗯！好吃，很好吃耶，凪。這味道跟昨天吃到的千層酥一模一樣。」

「有您的誇讚，是屬下無上的光榮。屬下今早早起各方嘗試，總算有價值了。還有很多，您想吃多少就儘管吃吧。」

「原來是這樣。我很高興喔。嗯嗯，真的好好吃。我覺得跟昨天吃的比起來，妳做的還比較好吃。」

「哪、哪有……！主公，您誇過頭了……！」

「哎呀，真的很好吃耶。凪，我還要。」

「唔……伊布莉絲！妳吃太多了！這可是我特地為主公做的！」

早餐後的餐廳——

席恩津津有味地吃著凪做的千層酥。

「小席大人看起來很有精神嘛。昨天回來的時候，明明一臉要死的樣子。」

菲伊娜一面看著席恩開朗地笑著大口吃點心，一邊對坐在身旁的女僕長說道。

「雅爾榭拉……妳昨晚做了什麼嗎？」

「這個嘛，妳說呢？可能做了什麼，也可能什麼也沒做。」

即使曖昧地閃爍其詞，臉上的表情卻是大大的滿足，甚至擺出一副勝利者的姿態。

菲伊娜沒好氣地鼓起腮幫子。

「唔～～啊～爛透了。我明明想幫小席大人打起精神來的！為什麼昨天不是輪到我啊……啊，真好吃。」

「哎呀，這個叫做千層酥的點心真的好好吃。」

雅爾榭拉和菲伊娜雙雙被這個未知的點心感動。

五個人熱鬧享用餐點的風景就像平常一樣——

不過——就在這個時候……

「嗯？」

席恩突然皺起眉頭。

「少爺，你怎麼啦？」

「……有入侵者。」

因為他這一句話，氣氛幾乎繃緊。

「啊，不過沒什麼大不了的。好像只是小孩子迷路闖進來而已。」

席恩補充道。

（結界沒有像之前那樣被打破。）

這次和加雷爾那時不同。妨礙人判別方向的結界已經正常發揮作用。踏進森林的入侵者只是在入口附近來回徘徊罷了。

（……一個小孩子嗎？為什麼會跑來這裡？）

席恩在某種程度上，能知道設在森林當中的結界內部是什麼樣子。

入侵者是個小孩子，而且是一個人走著。

這座森林不是小孩子一個人可以涉足的地方。附近的城鎮和村落都說這裡是一旦迷路就再也出不去的魔障樹海，所有人都敬而遠之。

（雖然放出這種傳言的人就是我啦。）

是他請女僕們幫忙散播這種子虛烏有的傳言。

因為他想避免毫不知情的人進入森林，靠近這幢宅邸。不知是幸或不幸，謠傳很快就傳遍大街小巷，現在已經不會有附近的居民靠近了。

「誰可以去看一下情況嗎？」

「那我去吧。」

菲伊娜舉手表示，接著走出餐廳。

之後大約過了二十分鐘。

「……嘿嘿嘿，我回來了～」

回到宅邸的菲伊娜不知為何心情很好。

「怎麼樣？」

「有一個小女孩迷路，我把她送到大馬路上了。」

「是嗎？不過那麼小的孩子怎麼會跑來這種地方……」

席恩認真思考著。

「來，給你。」

這時菲伊娜出聲，把原本用手藏在背後的東西交給他。

「那個女孩子說要給你的。」

「給我……？」

席恩伸手接過那東西。

那是——一個木雕人偶。

「是那個村子不予置評的人偶啊……」

「沒錯。是品味不予置評的卡弗蘭大神的雕像。」

就像伊布莉絲和凪所說的，交到席恩手上的人偶，和他們昨天在卡弗蘭村的祭典上，看見的人偶很相似。

話雖如此，它的完成度和攤販賣的商品不同。

整體設計看起來很像會從某個地方開始解體，可以窺見做的人還不夠純熟。這大概是那個少女自己親手做的吧。

席恩困惑地盯著人偶看——最後終於發現了刻在背後的文字。

「——呃！」

席恩瞬間屏息。

——謝謝你，小小的勇者先生。

人偶表面刻著這樣一串文字。字體的平衡非常糟糕，是一手難看到勉強才能辨識的文字。看得出來這是用自己不習慣的手法，一個字、一個字認真刻出來的。

「那個女孩子說，她是從卡弗蘭村過來的。兩年前她差點被魔犬攻擊，是一個黑髮的男孩子救了她。」

菲伊娜說著。

「她好像一直在找小席大人喔。因為昨天的騷動，她知道小席大人去過村裡，所以問了你們那台馬車的車伕，然後才來到這裡。當然了，她跑來這裡的事並沒有告訴村人。」

「……呵……哈哈。」

從雙唇間流出的聲音正在顫抖。

「『小小的』是多餘的啦……妳自己還不是個小孩子。」

無論怎麼壓抑，席恩還是忍不住。即使口出惡言，他還是止不住不斷湧現心頭的情緒。

不管他怎麼努力，就是忍不住笑意。

（啊啊——太好了。）

席恩一邊抱緊人偶，一邊徹底放下心來。

（原來那個孩子活下來了。）

他一直很不安。

害怕自己是否會殺死一個無罪的少女——這兩年他一直抱著這樣的不安與恐懼。

昨天他之所以會去卡弗蘭村，也是想確認少女是否還好。雖然昨天終究沒找到人。

不過——她還活著。

她一直活著。

光是這樣就足夠了——明明只要這樣，席恩就能獲得救贖。

（謝謝你……是嗎……）

木頭上刻著難看的「謝謝你」三個字，這比起過去王族賜與的任何讚詞、勳章都更令人感動。

在所有村民都誤解、忌諱席恩當中，只有那個少女諒解他。少女明白席恩只是想拯救她的那顆心。

此外——

她還隻身前來，希望傳達自己感謝的心意。

（她居然……叫我這種人「勇者」嗎？）

那個少女自然不知道席恩是真正的勇者。即使如此，她依舊——稱呼席恩為勇者。分明每個人都忌諱席恩，甚至剝奪了他的稱號，即使如此，還是稱他為勇者——

「哎呀？小席大人，你在哭？」

「呃……啊……」

因為菲伊娜這聲提點，席恩伸手觸摸眼角。眼角已經濕潤。他似乎哭了。但就算發現了這件事，淚水依舊止不住。從心底湧現的情緒化為淚水，不停地往外溢出。

雅爾榭拉和凪匆匆忙忙拿了手帕和毛巾過來，伊布莉絲則是聳了聳肩說：「妳們真傻。這種時候就要裝作沒看見啊。」

席恩迅速遮住自己的臉。

「才、才不是！妳們誤會了！我才沒有哭……！」

他一邊用手拭去淚水，一邊紅著臉大吼。

「這個是……新……新的水系魔術啦！」

聞言，女僕們個個都是隱忍笑意的表情。

「……這樣啊。是我失禮了，席恩大人。」

「原來如此，小席大人果然很熱衷研究～」

「哈哈哈，好棒好棒。我還從沒見過這種魔術呢。」

「那麼為了收拾這種魔術的殘局，還請您用這條毛巾擦乾。」

所有女僕們皆以看透了席恩心思的溫柔眼神俯瞰他，讓他只能紅著一張臉，不斷發出呻吟。

第四章 前任勇者與過去的夥伴見面

Genius Hero and Maid Sister.

那是距今五年前的事。

有個貴族造訪位於王都郊區外的郊區——塔列斯克地區的一間小孤兒院。

他的名字是列維烏斯．貝塔．瑟蓋因。

他是名門瑟蓋因家的長男，也是隸屬騎士團，為了國家盡心盡力的優秀劍士。他年紀輕輕，劍技就犀利過人——是最接近「勇者」這個羅格納王國最強稱號的男人。

列維烏斯也是個廣為人知的慈善家，他會定期巡視各地的孤兒院。那一天他就像往常一樣，將自費買來的玩具和書本捐給孤兒院，並四處查看孩子們的狀況。

許多孩子都圍繞在新的玩具旁，興奮不已——在那些人當中，只有一個男孩子落單，在庭院一角看著書。

「嗨。」

列維烏斯靠近那名男孩，並出聲攀談。

他直接蹲下，與對方對上視線的同時繼續言語：

「我叫列維烏斯。你叫什麼名字？」

「……席恩。」

少年有些膽怯地回答。

「叫席恩啊……那你不去跟大家一起玩嗎？」

「……我比較喜歡看書。」

「是喔。那還真讓人羨慕。哪像我，就是對看書、用功沒轍。除了耍劍之外，沒有其他長處了。」

他露出一抹搞怪的笑容，少年——席恩也輕輕地笑了。

然後——

「列……列維烏斯先生。」

他以顫抖的聲音問道：

「您……很強對吧？」

「嗯……還算強吧。」

「我也——想要變強。」

少年說著。

「我想變強，然後幫上別人的忙。這麼一來，我覺得大家都會過得很幸福……然後我也會很幸福。」

列維烏斯平靜地笑著聽取他以不知汙穢為何物的眼神說出的純潔願望。

「那為了幫你變得更強，我就稍微出點力吧。」

列維烏斯把席恩帶到孤兒院後院。

他用掉在地上的木棒，開始劍術指導。

舉凡拿劍的方式、步伐、架勢等等，他真的非常細心而且周到地教授席恩這些基礎。

「就是這樣，感覺不錯喔，席恩。雙手握緊，果斷踩出步伐，然後用力往下揮。對，你很棒喔。」

經過幾輪空揮後，列維烏斯笑著撫摸席恩的頭。

「席恩，你真厲害。你很有天分，有學劍的才能喔。」

「真……真的嗎？」

「是啊，說不定你是天才喔。」

聽見列維烏斯這句誇張的誇讚，席恩的表情為之一亮。

「那我——以後有辦法當上勇者嗎！」

勇者。

那是王國最強的稱號。

這個國家有許多孩子會如此高聲談論自己的夢想，說長大了要當勇者。席恩也是其中之一。

「也對。你一定可以。」

列維烏斯笑著聲援少年純潔的夢想。

「啊……先等一下喔。經你這麼一說，我也一直想當勇者啊。我現在正在努力實現當中。」

「咦……怎……怎麼這樣……」

「所以了——我們來比一場吧，席恩。」

列維烏斯說道：

「我和你比賽，看誰先當上勇者吧。沒錯，從現在起，我們就是競爭對手了。」

「競……競爭對手……」

「你不喜歡？」

「不……不會，沒這回事。只……只是我這種人，怎麼夠格當您的對手……」

「喂喂，席恩。我剛才不是說我們是競爭對手嗎？既然這樣，你就別再這麼謙卑了。直接叫我的名字吧。」

「咦……可……可是……」

席恩猶疑不已，但在列維烏斯的緊迫盯人之下——

「列……列維烏斯……」

他輕聲叫出名字。

「沒錯，這樣就對了。真令人期待。不知道你會變得多強呢？」

列維烏斯滿足地笑道，再度摸了摸席恩的頭。

他接著仰望天空。

那是一片無雲、清澈的藍天。

「你會變強的。我就是有這種感覺。」

以某種意義來說——那就是最初的一步。

名為席恩・塔列斯克的神童，就在這一瞬間甦醒了。

之後，時間僅僅過了幾年——

國王陛下就將勇者的稱號賜給席恩了。

他撇下據說最接近勇者的貴族劍士——列維烏斯，就這麼當上勇者。

其中的理由非常單純。

因為實力。

一切僅止於此。

（……夢到令人懷念的夢了。）

早晨的寢室──

從夢裡醒來的席恩在床上坐起身子，一愣一愣地回想著夢境的內容。

（今天是列維烏斯要來回收聖劍的日子吧。）

幾天前，他送到王都的書信捎來回音了。

上面寫著「列維烏斯・貝塔・瑟蓋因會前去回收贓物」。

正因──如此嗎？

所以他才會夢見那麼久遠以前的事。

「……嗯？」

這時候席恩終於注意到，他自己一個人睡在床上。

昨天應該是輪到菲伊娜陪他睡覺，但床上卻沒有她的身影。

和菲伊娜一起就寢後的早晨，通常都會在她的各種惡作劇之下醒來才對──

可是他環視房間……

「……菲伊娜？」

只見菲伊娜偷偷摸摸地試圖打開寢室的門走出去。

席恩一出聲，她便抖動雙肩，縮瑟身體。

「……小席大人，你醒啦？」

「妳在幹麼啊？」

「啊……我是……該怎麼說呢？我太早醒來了，所以想去散個步……」

「…………」

「總……總之我可是很忙的！就是這樣，我先走了！」

菲伊娜拋下一臉不解的席恩，就這麼逃也似地離開。

「……到底是怎麼啦？」

席恩歪著頭，只覺莫名其妙。

「她們幾個……好像有點怪。」

菲伊娜行動詭譎並不是從今天才開始——而詭譎的人也不只她一個。

這幾天，女僕們的樣子都不太對勁。

四個人都很奇怪。

不知該說是冷淡還是見外。

總之所有人都莫名忙碌。

明明沒拜託她們什麼新工作，卻總是慌慌張張地執行平常進行的工作。

即使席恩主動想找她們說話，每個女僕也只會直說「啊～好忙好忙」，然後跑到別的地方去。甚至常常一早起來就已經不在身邊了。

（……總覺得她們都在躲我。）

席恩一邊走在寢室往餐廳的路上，一邊煩惱著。

（為什麼她們不像平常一樣來鬧我啊……）

女僕們平常可說是過度的照顧和捉弄，應該是他煩惱的源頭才對。如今突然不理人，心中卻萌生一股落寞與心慌──

（──呃，慢著慢著！不對、不對！我這麼想，不就變成我很高興她們來鬧我嗎！）

席恩獨自用力搖著頭。

（哼，沒關係。這樣我反而樂得清靜。日子終於可以過得更安靜、更安穩了。）

有了結論之後，席恩再度邁開步伐。卻走了三步便萌生一股不安。

（……是我搞砸了什麼事嗎？是我在不知不覺間做了什麼會讓她們討厭的事嗎……？）

他一邊受到寂寞與不安折磨，一邊走著，最後終於抵達餐廳。

正當他想打開餐廳的門時——

「啊——！小席大人，停停停！」

菲伊娜驚慌失措地跑來，介入席恩與門扉之間。

「不行不行，小席大人！現在不行！今天不行！」

「菲伊娜……為什麼不行？」

「沒、沒有為什麼！反正你現在不能進餐廳！」

「……那早餐要怎麼辦？」

「呃，這個……去外面！我們今天換個心情吃吧！」

「…………簡直莫名其妙。走開。」

「不行！我說不行就是不行～～！」

菲伊娜死站在門前，死命阻擋席恩入侵。

就在這個時候。

「呼啊～啊。好睏……」

「喂，伊布莉絲，妳清醒一點。」

「我有什麼辦法？最近一直睡眠不足啊。」

「這也無可奈何。因為我們必須趁主公睡著的時候多做點準備。妳就別抱怨了。」

「我知道啦。畢竟今天是值得慶祝的生日——呃！」

伊布莉絲和凪正往這裡走來，但當她們看見席恩，雙方的動作卻瞬間定格。

她們瞪大了雙眼，滿臉都是驚愕。兩人手上原本抱著花，卻急忙藏到身後。

「早啊，伊布莉絲，凪。妳們聽我說，菲伊娜好奇怪——」

「嗚哇，好忙啊！我好忙喔！」

「就……就是說啊！天哪，真是忙到極點了！」

她們同樣沒有回答問題，就這麼落荒而逃，跑到別處。

「……那兩個人是怎樣？」

「不……不知道耶。是怎麼了啊？」

「我看她們手上好像拿著花束？」

「什……什麼？有嗎？我完全沒看到！」

「而且還說什麼生日……」

「咦咦咦？有嗎？啊哈哈，不知道到底是誰生日耶。」

菲伊娜很明顯不太對勁。她甚至在情急之下——

「對、對了，小席大人的生日是什麼時候啊？」

脫口問出這個問題。

「嗯？我的生日？沒有那種東西啊。」

席恩平靜地說著：

「因為我是孤兒，我根本不知道自己是哪天出生的。」

位在王都郊區外的郊區——塔列斯克地區的一間小孤兒院。

聽說席恩還是小嬰兒的時候，就被丟在那間孤兒院前了。

他沒有關於雙親的記憶。

所以理所當然，也不知道自己的生日。

而年齡也只是從發現他的那一天算起，再隨便往上多加一歲而已。根據這樣計算的結果，席恩現在是十二歲，但他自己並不知道這個是否就是他真正的年齡。

「這……這樣啊，我想也是～」

菲伊娜以這般態度回答後，小聲地呢喃：「……很好，跟想像中一樣。」這讓席恩更覺得莫名其妙了。

「——席恩大人，您早。」

一道女音。

這次是雅爾榭拉到場了。

「我們今天在外面用早餐吧。我已經準備好了。」

「……連妳也來跟我說這種話嗎？」

「說來丟人，其實我在準備早餐的時候，不慎打翻了鍋子，所以餐廳現在面目全非。妳說是吧，菲伊娜？」

「呃……啊，對對對！真的是弄得一團糟！」

「嗯。是嗎？既然這樣，那也沒辦法。」

儘管席恩還是覺得不舒坦，依舊姑且接納了這個說法。

這時候雅爾榭拉硬是轉移話題——

「對了，就是今天吧？瑟蓋因閣下前來回收『聖劍』的日子。」

說出這件事。

「嗯，是啊。我沒想到會是列維烏斯過來拿。」

本以為一定是底層跑腿的過來回收，沒想到竟是國家自豪的勇者親臨，席恩也有些訝異。

「列維烏斯代替我成為勇者之後，我聽說他還擔任了王國騎士團的部隊長，每天都很忙碌。我覺得他實在沒有理由特地來做這種像跑腿一樣的事……」

「這代表王室對『聖劍』的運送還是很小心謹慎，是嗎？」

「……不知道。」

他稍微思考了一會兒，但覺得實在太麻煩，便作罷了。畢竟席恩真正的心聲，就是不想再和這個國家的王室扯上任何關係了。

「可是小席大人啊，你不覺得心情很複雜嗎？」

菲伊娜說道：

「那個金髮男搶了你全部的功勞，所以現在才當上勇者對吧？既然這樣，那……」

「妳想問我恨不恨他嗎？」

席恩搶先說出菲伊娜閃爍其詞的結論。只見菲伊娜用有些不安的眼神點了點頭。

「……嗯，我對這件事也不是完全沒感覺，但列維烏斯之所以當上勇者，那是上頭的命令。搶走我的功勞也不是列維烏斯自願的。」

席恩淡淡的說著。

「持續扮演冒牌勇者一定不是一條輕鬆的路。他會被夾在國政和民意之間進退兩難，站在受盡雙方夾擊的艱難立場……可是我覺得利維烏斯已經做得很好了。他完美演繹著對國民而言理想的英雄。如果我是勇者，一定沒辦法得到這麼多民眾的支持。」

即使半開玩笑地這麼說，她們兩人還是一副複雜的表情。

最後雅爾榭拉她——

「席恩大人，您還真是喜愛列維烏斯閣下呢。」

說出了這句話。

「嗯……妳怎麼會這麼想？」

「因為聽您提起列維烏斯閣下的時候，感覺似乎有些開心。」

「這樣啊……嗯，也對，算是吧。要說我喜歡他，可能真的很喜歡吧。」

席恩說道：

「他是一起組隊，生死共患難好幾次的夥伴，而且他還是教我劍術的師傅。」

「師傅？就憑他？不是小席大人你教他？」

菲伊娜一臉難以置信。

「列維烏斯教我的劍術就是我的原點。」

席恩如今雖是劍術、魔術萬能，一開始學的卻是劍術。當初就是列維烏斯・貝塔・瑟蓋因將劍這種力量給了一個一無所有、默默無名的孤兒。

「他……真的是一個很厲害的人。他不會炫耀貴族這一身分，溫柔地對待我這種孤兒。就算是組隊之後，我也一直受他照顧。如果沒有列維烏斯，我的隊伍大概就散了吧。」

「這樣啊。呵呵呵，我好像有點嫉妒他了。」

雅爾榭拉笑得溫柔賢淑。但席恩卻彷彿看得見那雙瞇起的眼中，隱藏著漆黑的嫉妒之火，讓他不禁打了個哆嗦。

「……不過，不管怎麼說，他都是這幢宅邸久違的客人。要好好招待他。」

到了說好的時間，列維烏斯分秒不差地造訪宅邸。

他大概帶了二十個隨從，不過他們都在宅邸外待機，只有列維烏斯一個人被帶到有宅邸主人等著的會客廳。

「嗯……不過這真是出乎我的意料。我是知道你有多厲害，所以我一直覺得不管你有什麼作為，我都能處變不驚了——」

列維烏斯隔著一張桌子，坐在對面的沙發上，以有些無奈的語氣開口。他的視線投射在立於席恩背後的四名女僕身上。

「但沒想到——你會把『四天女王』變成自己的女僕。」

瞧對方苦笑著說出這番話，席恩也不知道該如何回應。

「因為發生了很多事啊。」

只能曖昧地回答。

「過去受到妳們諸多款待了，美麗的魔族女王們。」

列維烏斯諷刺地說著。

雅爾榭拉和凪輕輕低頭致意，菲伊娜笑著揮手，伊布莉絲則是打了個呵欠。

「你雖說沒想到，感覺卻不怎麼驚訝。」

「因為根據密探的報告，我早就知道你和四個女人開始同居了。我只是從外表特徵、人數來判斷，猜想可能是如此罷了。」

席恩知道有密探存在。

注意到了，卻放置不管。因為他覺得為了讓懼怕正牌勇者報復的王室放心，適度給予情報並讓他們監視自己才是最好的做法。

監視者似乎並未發現變化為人類的雅爾榭拉等人的真面目——但過去身為勇者小隊的一員，在前線和魔王軍作戰的列維烏斯卻發現了。

「列維烏斯……雅爾榭拉她們的事——」

「我知道啦。我無意報告給上頭知道。就算說了，也只會招致不必要的混亂。既然『四天女王』這樣的威脅在你的監視之下，就某種意義來說，反而更安全。」

談判快得讓人不知所措。席恩摸著胸口鬆了一口氣，但列維烏斯卻立刻露出不懷好意的笑容。

「不過呢，這麼久沒看到你，沒想到你也長大了嘛。原來如此啊，你已經到了會想讓女人來服侍的年紀啦？」

「什……！」

「被美女包圍還真讓人羨慕。順便透露一下，你最中意的女人是哪一個？」

說完，站在背後的女僕們以非比尋常的氣勢緊抓著這句捉弄人的話語不放。

「席恩大人，是我對吧！唯有我這個擔任女僕長的雅爾榭拉才是您最喜歡的人對吧！」

「小席大人，一定是我吧！」

「哦，說得也是。就趁這次機會說清楚講明白吧。你到底喜歡誰啊，少爺？」

「我……我不在乎……無論主公到底鍾愛誰，我都會以一介家臣的身分盡忠職守……如、如果您愛的是我，那自然是最好的……」

「妳……妳們都冷靜一點！列維烏斯！」

「啊哈哈，抱歉抱歉。」

列維烏斯看著陷入一片混亂的席恩等人，開心地笑著。

「呵呵，你過得比我想像中還要開心，真是太好了，席恩。」

他的笑容絲毫無異於兩年前——從他們相會開始，他就沒有變過。

那是一抹彷彿兄長看著歲數差了很多的弟弟時的溫柔微笑。

之後，他們兩人一手拿著紅茶，互相說著彼此的近況。

「看來你以勇者的身分，表現得很光鮮亮麗嘛。」

「別糗我了。就算被正牌勇者誇讚，聽起來也只像是諷刺。你才是，以隱居生活來說，倒是挺活躍的嘛。還換了個名字出版初學者專用的魔術教材。」

「我也只能做這種簡單的工作了。」

「宮廷魔術師們每次都卯起來審查喔。說什麼書裡可能會有教唆讀者推翻國家的偏激思想。」

「……那他們真是做白工了。我倒希望靠國民稅金過活的宮廷魔術師可以多做點有益於國家的工作。」

他們還說到了從前的夥伴。

「對了……另外三個人現在都在幹麼啊？列維烏斯，你知道他們的現狀嗎？」

「我不知道。他們三個都下落不明。就在你離開王都的時候，他們也不知道跑哪兒去了。」

「是噢。真像那三個人的作風。」

「……可以的話，我才不想再見到他們第二次。」

「……我也是。」

兩人宛如要填滿兩年的空白，但又像明天還會再見面一樣，持續聊著不著邊際的日常對話。

最後，當裝著紅茶的杯子見底時——

「好像有點聊過頭了。我們也該進入正題了。」

列維烏斯首先起頭。

「也對……雅爾榭拉，菲伊娜。」

席恩對著背後兩個人下達指示，她們立刻將放在會客廳一隅的兩個木箱搬運過來。箱子放上桌子後，隨即打開蓋子。

箱子裡放的是暫時由席恩保管的贓物。

一箱是寶石和飾品，另一箱則是——

「……『聖劍梅爾托爾』。看來的確是真品。」

列維烏斯將聖劍從細長的木箱中取出，檢視著刀身。

「你以為我會拿贗品調包嗎?」

「別不高興嘛。我只是確認一下啊。」

列維烏斯笑著說，並站起身來，輕輕揮舞手中的聖劍。

「其實我最近正在訓練怎麼用聖劍。我是覺得自己已經用得很順手了……但上面還是不

准我帶出王都。要是有這把劍，前些日子討伐魔獸的時候，就能更輕鬆了。」

「我想也是。畢竟這三把聖劍是這個國家的祕寶，在軍事上也是殺手鐧。」

所謂的聖劍，是一種只要身為人類，任誰都能使用的兵器。

因此王室甚是害怕聖劍被其他國家搶走。若是落入他國手中，國家之間的武力平衡便會瞬間崩毀。

「可是——他們卻准你帶出去。」

列維烏斯說著。

「看來他們對我的信任還沒有你這麼深。」

「……我當時的情況不太一樣。兩年前有魔王。因為在戰爭中，所以應該是特例。」

正因為有魔王這個大陸級的威脅，國家才允許席恩攜帶並使用聖劍。若非如此，不管席恩再怎麼有能力，王室也不會把聖劍交給席恩這個平民。

「誰知道呢。不過我覺得——你是特別的。你的程度和我這種人不一樣。你真的很特別，也是真正的天才。」

「……列維烏斯？」

見列維烏斯以彷彿被什麼東西附身般的眼神看著聖劍，席恩的心中不禁感到一陣莫名的騷動。

「對了，席恩。機會難得，你可以稍微教教我嗎？」

「教你？」

「你身為使用過聖劍的前輩，稍微教我一、兩招嘛。畢竟能像這樣跟你說話，這可能是最後一次了。」

「好……好啊，那是無所謂……可是我已經沒辦法用聖劍了耶。」

「沒辦法用？」

「因為這傢伙好像不把我當成人類了。」

席恩看著聖劍說道。

列維烏斯則是稍微瞇起了眼睛。

「是喔？不然你至少看一下我的實力吧。看我這兩年學會用『梅爾托爾』到什麼程度了。」

「當然可以。務必讓我見識見識。」

「好。哎呀，不過在這之前……」

列維烏斯他——

說出這句話。

接著——單手彈響手指。

「啪」的一聲。

頃刻間，屋外傳來陣陣細微的聲響。

感覺就像某種東西一個個倒下那樣——

「……怎……怎麼了？」

「你不用擔心，席恩。我只是讓在屋外待機的部下——睡著了而已。我事先在他們的團服上動了點手腳。」

「動手腳……？」

「因為要是他們醒著，會有很多麻煩。」

相較於滿臉困惑的席恩，列維烏斯依舊毫無變化。

毫無變化到簡直不自然的地步。

他維持著直到剛才為止都掛在臉上的那抹親切笑容，逕自把話接下去。

「好了。你快看看吧，席恩。看我這兩年來——被迫代替你當勇者的這兩年來，到底變強了多少。」

接著——列維烏斯舉起「梅爾托爾」。

他一口氣將鍛鍊有成的魔力注入聖劍當中。白銀的刀身隨即發出神聖的光輝。看起來宛如嚐到人的滋味而喜形於色一樣。

只要是人類，無論是誰、有什麼慾望，這把劍都會欣然享用。如今它呼應持有者的意志，解放它的力量了。

「——引領敵人前往神聖的暗影中吧，『梅爾托爾』！」

隨著這聲勇猛的叫喊，列維烏斯便將劍刺入地板。

那一瞬間——空間扭曲了。

一股彷彿連光線也會扭曲的壯闊、強烈的魔力波動迸出。

「這、這是——！雅……雅爾榭拉！」

當席恩回頭時，已經太遲了。

站在席恩身後的四名女僕——都逐漸被困入空間的裂縫中。出現在空間中的漆黑扭曲宛如索求她們四個人的身體一樣，慢慢將她們包覆其中。

「菲伊娜！伊布莉絲！凪！」

即使她們使力掙扎、大叫、拚命想逃脫，一切依舊已經太遲。就連席恩想伸手救助，也已經來不及。

漆黑的裂縫瞬間將她們四人啃食殆盡。

就在這轉瞬之間。

四名女僕當場消失，彷彿一開始就沒有人站在那裡一樣。

「——『奈落牢』。這是能把自己鎖定的目標幽禁在相位稍不同於『此處』的異空間裡的技巧。雖然發動要花點時間，相對的，一旦發動了，不管是位階多高的魔族，也不容易逃脫……哎，我應該不需要對你解說吧？畢竟這是你想出來的招式。」

列維烏斯一邊將聖劍從地上拔起，一邊以一如往常的笑臉不以為意地說著。唯有他的眼神，已經和平常不同。

「怎樣啊，席恩？我現在連這招都學會了喔。在你隱居的這兩年，我可是拚死讓自己變強了。我應該差不多快追上你了吧？」

傲慢、壓迫，以及鄙視他人的眼神——當席恩看見他的眼神，表情瞬間充滿了苦澀。

「……果然是這樣嗎？列維烏斯……」

「哦？」

列維烏斯興致勃勃地揚起眉角。

「你這麼說的意思是……你早就發現了嗎？你早就隱約感覺到我打著什麼歪主意嗎？」

「……我從一開始就覺得不太對勁了。」

席恩一邊用力握緊垂落在身體兩側的手，一邊開口：

「入侵王都寶物庫的盜賊團『緋蜘蛛』……說實話，他們的首領加雷爾並非是個多有實力的人。憑他那種程度的能力，要奪走在寶物庫當中特別嚴正保管的聖劍，應該是不可能的事——除非內部有人幫他。」

若有內應，入侵與偷盜的難度就會一口氣下降。

話雖如此——實際真的能辦到這種事的人應該只有少數。畢竟能進入寶物庫的人，在王宮內部也只有一小部分的人。

位居特權階級的掌權者們、負責寶物庫警備工作的騎士團成員——以及平常獲准使用「梅爾托爾」進行訓練，想必已經進入寶物庫好幾次的人——

「而且加雷爾知道我這幢宅邸的位置，也知道屋子裡藏有一大筆金錢。明明知道這麼多事，卻完全不知道我的真面目，還有關於詛咒的事……太不自然了。不自然到了極點。簡直就像有人刻意只將特定的情報告訴他一樣。」

席恩的口吻逐漸強硬，但他的表情卻成反比地越見沉痛。

「列維烏斯……其實當你特地告訴我你會過來宅邸拿聖劍的時候，我的疑惑就越來越強了。如果加雷爾奪取聖劍——是為了將聖劍送到我這裡來的手段，那一切就說得通了。」

利用盜賊從寶物庫把聖劍偷出來。

只給他特定的情報，讓他來到席恩面前。

席恩打倒盜賊後，聖劍便會暫時安置在這裡。

最後再由自己直接前來回收贓物。

這一切的事情——都是為了現在這一瞬間。

為了以拿著禁止帶出王都的聖劍的狀態，站在被永久逐出王都的席恩．塔列斯克面前

——就只為了這一瞬間。

「你是來——殺死我的吧？」

「完全正確。」

自己所有的企圖都被看穿，列維烏斯還是不為所動。別說動搖了，他的嘴角甚至刻畫著一抹一切如他所想的嘲笑。

「我知道你很聰明。我早就知道你會看穿這種鬆散的計畫了——不過到頭來，你還是沒能徹底懷疑我。」

「…………」

「你直到最後關頭還是想相信我。『果然』是我想說的話，席恩．塔列斯克。你果然還是沒辦法懷疑同伴是嗎？」

「…………」

席恩無言以對。

沒錯。

他說得對。

席恩他——想去相信列維烏斯。即使心裡覺得不對勁，還是努力甩開那份思緒，不去正視那份懸念。竟懷疑同伴，他對自己深沉的猜疑心感到可恥。

他想去相信。

他想認為過去的夥伴是因為擔心自己的身體變成這樣，所以才久違地來見自己。

所以——就連在雅爾榭拉等人面前，他的表現依舊如此。

一副期待與夥伴再次相見的模樣。

宛如要催眠自己那般，不斷訴說期待。

他想相信對方，所以持續說著。

沒想到——

「……這是為什麼，列維烏斯？」

席恩請求似地提問。

「為什麼你要……」

「為什麼……是嗎？如果你想不通——那這就是答案，席恩！」

列維烏斯隨著一道近似尖叫的吼聲，揮舞手中的劍。

扼殺距離的聖劍——「梅爾托爾」。

它無視雙方的距離，揮落的斬擊就這麼朝席恩襲去。

「——唔！」

席恩立刻使出多重魔力防護壁。多道魔法陣交疊，席恩利用魔力高速循環的結果，創造出宛如永動機般的防禦力。這是每個魔術師都會使用的基本防禦術，但像席恩這種等級的人用起來，就會變成最強的防禦。

無視距離逼近的巨大斬擊與高速施展開來的防護壁激烈衝突。

斬擊被彈開之後便消失，席恩並未受到傷害。

「——反應真慢。你退步了嗎？」

這道聲音從席恩的背後傳來。

（糟了——）

像加雷爾那種程度的使用者，能讓斬擊飛越空間就已經是最大限度了，但若是優秀的使用者——「梅爾托爾」就不只能讓斬擊飛越空間，連使用者也能辦到這件事。

以一般的空間魔術而言，要讓人類進行空間飛躍就要有大規模的儀式和準備，不過若是「梅爾托爾」中意的對象，就能讓他像走路一樣飛越空間。

「還是說，我終於追上你了呢？」

說時遲那時快，列維烏斯利用斬擊當幌子，進而飛躍到席恩背後，接著迅速揮劍橫砍。

席恩再度快速使出防護壁——但他比任何人都了解，這是一件毫無意義的事。

（不行……擋不下來。）

當「梅爾托爾」由被選上的人揮動時，具有一種特性，它會強制性擴展刀身觸及的物體的空間。

意即會在一個物體之間——強行創造出距離。

當刀刃碰觸到物體的瞬間，一個物體會被當成打從一開始就是兩個。

簡單來說——就是什麼東西都砍得斷。

無論是多麼堅固的盾牌，或是以多龐大的魔力穩固結合出的防護壁，只要連著防禦存在的空間一起切開，就不具任何意義了。

就像撕裂天空那般，將這個世界所有的物體都連著空間一起斬斷。

「虛空斬」。

這比起飛越空間這種華麗的飛躍技能更加可怕，是可稱為「聖劍梅爾托爾」的精髓的特性——

「——唔！」

無法防禦的無情斬擊就這麼擊中席恩。最高密度的魔力防護壁就像奶油一樣輕易被切開，反射性用來防禦的左手也被斬斷至手肘附近。

即使已經反射性往後迴避了，依舊未能及時避開，他的身體因此被深深切開。簡直就像只靠一層皮囊勉強連著身體一樣。

「喝！」

列維烏斯揮下聖劍後，順勢轉身一圈，對著席恩的胸膛使出一記猛烈的迴旋踢。

這記踢擊的力道，將原本只靠一層皮連著的身體撕裂。

原地只留著下半身和左腕，唯有上半身被踢飛。上半身撞壞宅邸的窗戶，就這麼掉在外頭的草皮上。

「唔……咳咳……」

席恩因劇痛扭動著身體，但那也只是一瞬間的事。只見下半身和左臂的斷面一陣扭曲蠢動，迅速開始再生。

時間只經過數秒，肉體的再生便結束了。留在宅邸內的下半身和左腕宛如霧氣一樣消失無蹤。

「真的是怪物般的再生能力啊。我該說真不愧是魔王給的詛咒嗎……這能力簡直就像魔王一樣可怕。」

列維烏斯也從窗戶一躍，跳到了宅邸外。

「不過……只要用聖劍持續攻擊，你還是遲早會死吧？就像兩年前你對付魔王的那樣。」

他提出的這一點──是事實。

神族在過去是魔族的天敵──擁有那份力量的聖劍，對上魔族便能發揮莫大的效果。

魔王同樣具有幾乎能無力化所有攻擊的絕對防禦力，以及令人驚嘆的再生能力。不過如果使用聖劍攻擊，就能累積傷害。

倘若席恩像剛剛那樣，受到列維烏斯揮舞的聖劍攻擊──他的生命力遲早會油盡燈枯。

「只要我有聖劍的加護，就防得了你那份詛咒的真面目……能量掠奪。不過要是你認真解放詛咒，會怎樣我就不知道了……但你應該辦不到吧。」

列維烏斯說著，看向旁邊。他的視線前方有數十個身穿騎士團團服的人，他們都失去意識倒在草地上。

他們是被列維烏斯動了手腳昏倒的隨從們。

「如果你想用詛咒殺了我，他們也會受到波及死掉。他們都是不知道我這次有什麼計畫的善良騎士們。你應該下不了手殺死無罪之人吧？你這個溫柔體貼的勇者大人。」

看來他之所以把隨從帶到宅邸附近，就是為了這一點。

為了將他們當成防堵能量掠奪的盾牌。

他把席恩的溫柔和天真精算到令人噁心的地步──

「席恩．塔列斯克，將軍了。你已經逃不了了。」

「……你就這麼恨我嗎？」

席恩一邊以再生完畢的腳站起，一邊說著。

「你用這麼迂迴的方式，設下多重策略……你恨我恨到不惜做到這種地步嗎？」

「是啊。」

列維烏斯──立刻答道。

「我一直都很討厭你，席恩。恨到連我自己也控制不了。我恨分明比我小十歲，卻遠比我還要優秀的你。我也很羨慕你。既羨慕又嫉妒。在你出現之前……神童一直是為了我而存在的單字。如果沒有你……不論是勇者的稱號還是聖劍，應該全都是屬於我的東西！」

青年標緻的臉龐隨著激動的語氣逐漸崩毀。

柔和的笑容消失，變成被累積多年的嫉妒與憤怒支配的容顏。

（列維烏斯……！）

席恩的心就像被撕裂了一樣痛苦。痛到他幾乎無法承受。

從前他比任何人都要相信的夥伴，如今臉上卻是一副從沒見過的面貌，嘴裡說著他從沒聽過的話。

過去曾好幾次支撐著席恩的踏實言語和溫柔笑容──那些美好的回憶彷彿全都在崩落的聲音當中消逝。

「……那麼你說的話全都是假的嗎？你說你是我的夥伴，還說我一定當得上勇者……」

「噢，我好像真的說過那種話。呵呵……『一定當得上勇者』嗎？這句話我不知道說過幾百次了。因為我到處跟小鬼說這句話。」

列維烏斯嘴角向上揚起，做出扭曲的嘲笑。

「告訴你，我之所以溫柔待你……是因為我爽！我就是愛對著出身卑賤、教養爛透的底層小鬼，施捨屬於上流階級高高在上的慈悲心！我愛世人給我『不歧視庶民的善良貴族』的評價！這些都讓我爽到極點了！可是……沒想到……」

嘲笑的嘴臉驟變，他現在宛如隱忍著痛苦般，猛抓著自己的頭。

「可是……你怎麼能真的超越我？為什麼啊？為什麼……你是個天才啊？如果你是個凡人，是個隨處可見的塵芥，我就能保有我一貫的溫柔了。我就不會……像這樣因為嫉妒發狂了。這都是你……都是你讓我變成這樣的啊，席恩！」

列維烏斯在激動之下，用力踐踏地面。

憤怒、嫉妒、悲哀、憎惡、執迷不悟、自卑感、自我厭惡……聖劍啃食著這些屬於人的感情，光芒更勝以往。

在不可防禦的刀劍鋒芒前，席恩只能選擇閃躲。只能死命躲過如波濤般不斷襲來的劍擊。

然而無論他多麼精準地迴避攻擊，卻無法連言語也避開。不管他願不願意，對方說的話依舊會進入耳裡，弄髒他的心靈。

「當你受到詛咒的時候……我真是覺得你活該。這麼一來，只要你不在了，我就能站上頂點。我可以奪走你的勇者稱號，成為真正的勇者。不過……我錯了。」

他激動的情緒彷彿流水一般，不斷從嘴裡流洩出。

「無論毫不知情的大眾給了我多少讚詞，我依舊覺得空虛。上頭知情的人也只會拿你跟我比較，一直貶低我。『如果是席恩，就會做得更漂亮。』『如果席恩還在，國家會發展得更進步。』……簡直是地獄。在我被迫扮演勇者的這兩年來，世界除了是地獄以外，什麼也不是。」

不論他恣意發洩出多少情緒，他的劍法還是不見一絲紊亂。他的動作俐落，準確地對準要害。

如果只論劍術的技巧，列維烏斯原本就能威脅席恩。

如今對方手持聖劍，我方又沒有武器，當然沒有勝算。而且席恩也沒有空隙發動大規模的攻擊魔術，只能一味防守。

（……好強。不對——是變強了。）

席恩好幾次受到致命傷，然後在不斷反覆的再生之中如此想著。

（他和兩年前的我不分軒輊……不對，他比我更能徹底運用「梅爾托爾」。他比我更得「梅爾托爾」的歡心。）

他想著。不禁如此想著。

想著不必去思考的事。

（是地獄……讓你變強的嗎，列維烏斯？）

席恩被詛咒折磨，不得不選擇孤獨，他曾經以為他所處的地方一定就是地獄。

然而。

看來列維烏斯所處的地方也是地獄。

那些看似奢華的虛飾榮光，也只是壓迫心靈的東西。他受盡空虛的讚美，遭受無情的侮辱——他的自尊心不斷受挫，在那張虛偽的笑臉之下，有著無處發洩的憤怒和嫉妒心持續燃燒著。

他以這些翻騰已久的強烈情緒為糧，就這麼變強了——

「我已經受夠了……！只要有你在，我就一直都是冒牌貨，是替代品。所以我現在——要殺了你。我要超越你，當一個真正的勇者重新活下去！」

充滿殺意的一道劍擊——砍斷了席恩的脖子。

但席恩不會因為這種程度的攻擊就死亡。他死不了。肉體的再生會馬上開始。但他的心靈和精神卻不會是毫髮無傷。

「……我不想和你戰鬥。」

頭顱尚在再生時，席恩擠出這段話。

「我一直……把你當成夥伴。我一直都很感謝你。」

我把你——當成親哥哥看待。

席恩這麼說著。

他也覺得自己幹麼在這種狀況下說這種話。但言語就是不受控制跑出來。事情到了這個地步，他還是想用談話解決。

他抓著一絲希望，認為對方或許還聽得進他所說的話。

然而——

「你少往自己臉上貼金了，怪物。你當我的弟弟，只會令人作嘔。」

席恩的言語、心意、不捨、執著——

都沒能傳達給對方。

「……嗚！」

一股近似屈辱的窩囊感襲向席恩。比起憤怒，他更覺得難堪。他根本一點也不了解對方，就盲目地誤會「列維烏斯也把我當成弟弟那般看待」，這樣的自己實在是窩囊到了極點。

（我被王族疏遠，被大眾遺忘……現在連一直以為是夥伴的男人，也只對我有憎惡之情嗎……）

席恩在恥辱與絕望之際，跪倒在地上。

正當他的眼裡就要泛出淚水的瞬間——

「——你開什麼玩笑？」

這道聲音就像從地獄底端傳來的一樣。

非常非常低沉的女音……那是一種宛如將世上所有的憤怒融化後再燉煮一般，夾雜著灼熱憤怒的聲音。

「你們給我適可而止……！你們這些人類到底……到底要背叛席恩大人幾次才甘心……！」

空間——嘎吱作響。

空氣中產生一道細微的裂縫，一股龐大又懾人的魔力隨即從內部噴出。

簡直就像地獄的封蓋被打開了一樣。

一雙女子纖細白皙的手接著從敞開的黑暗當中伸出。

「席恩大人到底做了什麼！他只是……不斷為了人類盡心盡力而已！他隻身攬下國家的期待與希望，鞭策自己稚嫩的身軀，為了守護人類，不斷和我們這樣的威脅戰鬥！這樣莫大的恩義，你們為何要恩將仇報！」

兩隻手一把抓住空間。

她硬是使力扳開異空間的大門。

從裡面現身的是——一臉惡鬼樣貌的魅魔。

（雅……雅爾榭拉……）

那是連席恩也沒見過的樣貌。就連兩年前處於敵對狀態時，席恩也沒見過她因憤怒而如此瘋狂的樣子。

「就算被詛咒侵害，席恩大人依舊持續替人類設想。他在傷心迷惘之中，並未選擇毀滅的道路……為什麼你們人類就是不懂他這份高尚和高貴呢！」

從黑暗的空間裡爬出來的魅魔，以滿是漆黑殺意的眼光瞪著冒牌勇者。空間產生一道新的裂縫，企圖將她再度壓回閉鎖空間內，但她還是用蠻力挺住，並推了回去。

「啊啊……夠了。我已經受夠你們了。如果國家、人類、神明……都想讓席恩大人受苦，那我就毀了這一切。首先就從你開始，列維烏斯．貝塔．瑟蓋因！」

一對漆黑的羽翼展開來，魅魔女王就這麼飛了起來。

「席恩大人是那麼期待與你再會！他興致勃勃地談論著你的事，到了讓人嫉妒的地步……可是……可是沒想到……你讓席恩大人傷心的罪孽，簡直罪該萬死！」

她這一記攻擊蘊含著大肆蹂躪、凌辱世界般的殺意和魔力，就這麼直搗傷害主人的敵人。然而──

「唔……『梅爾托爾』！」

聖劍呼應列維烏斯的叫聲，光芒更顯耀眼。

下一秒──雅爾榭拉的身邊出現無數展開的黑暗。那些裂縫彷彿擁有意志般地蠢動，啃食著她的四肢，牽制她的行動。

「──嗚！嗚……啊……啊啊啊啊啊啊啊啊啊──」

她的吶喊終究是徒勞，雅爾榭拉就這麼再度被拖入暗黑空間。

「呼啊……呼……呵……哈哈哈！」

儘管氣喘吁吁，列維烏斯還是吐出安堵的笑意。

「這還真是驚人。沒想到她居然用蠻力試圖破壞已經發動的『奈落牢』……真不愧是魅魔女王『大淫婦』啊。」

說完，他的視線再度對準席恩。

「剛才被局外人打斷了。好了，我們繼續吧。繼續討伐想玩人類家家酒的怪物。」

「…………」

這是一句錐心的無情話語——但並未傳進席恩耳裡。直到剛才，對方每說一句就讓他心如刀割的嘲弄，現在聽來感覺卻離他很遠。

席恩腦中浮現的是——雅爾榭拉的身影。

差那麼一點就從絕對的閉鎖空間逃出的她——為了席恩而認真生氣的她，是那麼惹人憐愛。

不只雅爾榭拉。

菲伊娜、伊布莉絲、凪……她們現在一定也為了席恩而生氣，在閉鎖空間裡掙扎著想逃出來吧。

她們的一切都讓席恩憐愛不已，原本空虛的內心也逐漸被填滿。

（原來——是這樣啊。）

他想起來了。

想起了重要的回憶。

（我已經——不在地獄了。）

他早已從地獄當中逃脫出來。

有人將他從原以為會持續一輩子的地獄當中救出來了。

「死吧，怪物。為了世人，也為了我。」

「——我拒絕。」

席恩說著。斬釘截鐵說著。

他用力踩著地面站起，以沒有迷惘的眼神看著對手。

「……我想起來了。現在的我有不能死的理由。儘管變成了只會危害周遭生物的怪物，我還是有了想活下去的理由。像我這種人——也找到了希望我繼續活下去的家人。」

隨著嘴裡說出堅定的話語，席恩也拿下右手的手套。從好幾道封印術式當中解放的是——不祥的咒印。

少年看著前方的眼神已經沒了迷惘和苦惱。

席恩睜著蘊含純粹覺悟與殺意的眼神，瞪著敬如兄長的男人。

「怪物會活下去。他會逍遙自在、厚著臉皮活下去。為了這一點，就算是勇者，他也會消滅對方。」

在這股無與倫比的覺悟面前，列維烏斯被震懾住了。

毫無迷惘的眼神、英勇的站姿，以及充滿全身的魔力與鬥氣……這一切都讓他想起過往的席恩——想起那個被稱作勇者的席恩·塔列斯克。他不禁往後退了一步。

（……我要冷靜。）

列維烏斯咬緊牙關，拚命激勵自己。

（沒什麼好怕的。我有聖劍。而且我……已經超越過去的他了。我沒有輸的道理……！）

這兩年，列維烏斯瘋狂鍛鍊自己，最後終於變強。

如果只論使用聖劍的技巧，他有自信贏過席恩。儘管王室那些人並不承認——但若是現在的他，想必連魔王也能打敗。

（我要小心的……是那隻右手嗎？）

列維烏斯恢復冷靜，集中精神盯著刻有咒印的右手。

知道席恩受到詛咒後，宮廷魔術師們對他的身體進行了諸多驗證——他們反過來利用不死的肉體，做了許多既可怕又非人道的驗證。

驗證結果，他們得知刻著咒印的右手咒力尤其強烈。

倘若直接碰觸到，什麼都不做就能置人於死地——

「我要上了，列維烏斯。」

說出宣言的同時——席恩往前一蹬。

他策動聚集著魔力的腳蹬地，以爆發性的加速度直衝——表面上看起來是這樣，實際上那卻是殘像。

席恩的本體在急速加速後急停，接著繞到列維烏斯背後。

「哼，我看見了，席恩！」

列維烏斯回首馬上砍下一刀。

他以「梅爾托爾」的特性砍下直逼而來的右手。一碰就會將生命啃食殆盡的魔手瞬間沒了手腕以下的部位。

「就算是會讓人立即喪命的手，只要砍下來就不成問題了。」

「……唔！」

「這麼一來就結束了！」

列維烏斯不給席恩再生的時間，直接展開追擊。他全身釋放出魔力，發揮肉體強化術式能力的極限。

聖劍——落下一道劍痕。

那神速的劍技快到常人的眼睛看不見。

席恩的肉體瞬間劃出無數條細線，下一秒肉體便被切碎，灑落地面。

即使肉體的再生已經立即展開——列維烏斯卻拿著聖劍，對著倒臥在地上的身體中樞——也就是心臟的位置一刺。

「唔嗚！咳……啊啊……」

「我不知道你的再生能力到底有多厲害，不過只要我持續破壞心臟這個魔力中樞，就能讓你耗損得更嚴重吧？」

這下子勝負已定。

根據席恩所說——只要用聖劍貫穿心臟，就能夠葬送過去敵對的那個魔王。

「真是難看啊，席恩。拯救世界的勇者，最後的末路就是這樣。就算今天你死了，這個國家的人也不會察覺。不管你替人類盡了多少心力，最後還是沒有任何回報。」

列維烏斯得意地笑著睥睨席恩，接著說：

「你的身體變成這樣之後，還是寫了初學者適用的魔術教材，替人類做事……你該不會以為做這種事就能獲得認可吧？你以為只要累積善行，就算身懷詛咒，還是能被人們接受嗎？只要阿諛奉承，扮演人類的樣子——就能變成人類的一分子了？」

列維烏斯扭曲著嘴臉發出嘲笑，同時拋出這一席話：

「哈哈哈，笑死人了，怪物。真悲哀，你悲哀也得有個限度啊。你應該親身體會到人類有多自私了吧？不會有人接受你的。一隻怪物不管做了什麼，永遠都是怪物。」

「……呵。」

這時候席恩——他笑了。

劍就刺在他的胸口上，他的嘴一邊淌出鮮血，一邊迸出笑意。

「呵……哈哈……哈哈哈。」

「……有什麼好笑的？」

「呵，當然好笑。你搞笑也得有點限度。你說的話有著非常嚴重的誤解。」

「誤解……？」

「什麼變成人類的一分子……我早就已經放棄了。」

席恩說著。

「我的確有在寫初學者適用的魔術書籍……不過說實話，我根本不關心魔術的簡化和普及。我只是想不到除此之外，我還能勝任什麼工作罷了。」

「工作……？」

「沒錯，就是工作。就算我有國家給的錢，若是個無業遊民，那未免也太遜了。」

席恩一邊說，一邊舉起右手。

他用受詛咒的右手抓著貫穿胸口的聖劍的刀身。

「列維烏斯，你可不能告訴她們幾個喔。」

席恩說道。

口吻感覺似乎在開玩笑，但他的眼神卻閃著銳利的光輝。

「我只是想在新的家人面前——在服侍著我的女僕們面前，以主人的身分耍帥而已！」

——「真呼吸」。

那一瞬間。

刻在席恩手背上的咒印發出昏暗的光輝。

右手噴出漆黑的魔力，包覆著聖劍。

緩緩地。

一點一滴……一點一滴——

就像墨水滴落濕透的紙面慢慢向外擴散那樣。

從右手觸摸到的地方開始——聖劍逐漸染黑。

「——什！這、這是什麼……！」

「列維烏斯，我勸你最好放手。否則的話——連你也會被吞掉。」

「噫……噫噫噫！」

列維烏斯倉皇放手。但這並非是聽從了席恩的話。而是本能上覺得恐懼才讓他有了動作。

漆黑的色彩瞬間染遍整隻刀身，最後連刀鍔裝飾和刀柄也變得一片黑。原本散發著神聖白銀光輝的劍——如今已經幻化成彷彿連光芒都能吞噬的暗黑之劍了。

最後——「啪」的一聲。

變黑的聖劍宛如被席恩吸收一邊，消失了。

「不……不可能……」

列維烏斯驚愕不已，無法相信眼前的光景。這時他的腦中突然閃過某個單字。

（——能量掠奪。）

那是席恩打倒魔王時承受的詛咒，會侵蝕周遭生物的生命。刻有咒印的右手咒力尤其強烈，如果直接用手碰觸，一瞬間就能將生命啃食殆盡——

「難、難道……席恩，你——你吃了聖劍嗎！」

「是啊，你說對了。」

席恩並未得意，反而有些自嘲地點了點頭。他站起身子，瞪著吞下聖劍的右手，直盯著瞧。

「你……你別鬧了……什麼啊？這算什麼啊……！」

利用能量掠奪吞食整把聖劍。這根本不可能。不可能辦得到。簡直難以置信——但站在他眼前的少年態度卻非常磊落。

無論腦袋再怎麼否定，少年身上那股壓倒性的存在感卻將這一事實強制刻在他的胸口。

「喝……！」

席恩伸出右手，彷彿灌注某種意念。

當好幾道魔法陣浮現——被吞食的聖劍又再度出現在這個世界。

只不過——顏色一片漆黑。

席恩握緊這把被染黑的「梅爾托爾」。

他高高舉起——然後筆直揮下。

「——唔！」

明明是刀刃碰不到的距離，斬擊卻劃過列維烏斯身邊，切落了幾根頭髮，並劃過臉頰。

錯不了。

剛才這招——是飛越空間的斬擊。

只有「聖劍梅爾托爾」才有的，獨一無二的特性——

「嗯，看樣子沒什麼問題。」

「……為……為什麼！為什麼你——為什麼現在的你能用『梅爾托爾』！」

聖劍是神製作的退魔之劍。

是神以神的手法，為了人類而做的劍。

聖劍對上魔族能發揮偌大的效果，而且只要是人類，誰都能用——相反的，如果不是純粹的人類，就絕對無法使用。魔族就不用說了，像精靈和獸人這些繼承了濃厚非人之血的種族，也不會受到聖劍寵愛。

「現在的你……應該極為接近魔族才對。可是為什麼有辦法使用『梅爾托爾』！為什麼聖劍會愛你！」

「因為我覆寫了。」

席恩說著。

他只是一臉平靜地說出事實。

「聖劍只有人類才能使用……我覆蓋了這個設定，然後改寫了。」

「改……寫……」

「我用這隻右手吸收了聖劍的一切，在體內改寫之後，再放出體外。」

「真呼吸」。

這不是一種招式，而是生態。

無關自己的意志，是一種為了生存引發的現象。

對這名受詛咒的少年而言，能量掠奪就像單純的呼吸。

而且解放它也只像慢慢深呼吸而已。

沒錯。

所謂的呼吸，不只有吸。

要吐氣才能算是——呼吸。

將吸入體內的東西重組，然後吐出，這樣才叫做呼吸。

「簡單地說……就是霸道地調教聖劍吧。就像用藥物洗腦一個討厭我的女人，不斷給她無上的快感，強制性讓她愛上我。讓她臣服於我，無法再對我以外的人感到滿足……呵，連我也覺得自己真是做了一件恐怖的事。」

席恩拋出唾棄般的言語，看著已染黑的聖劍。

「梅爾托爾」散發出絢爛妖豔的光芒。它看起來就像剛才列維烏斯拿在手上一樣——不對，是抖動著更勝剛才的歡愉。

彷彿訴說著他發誓永遠服從現在的持有者——席恩．塔列斯克一樣。

「『聖劍梅爾托爾』現在已經重生為『魔劍梅爾托爾』了。它不再是只有人類能用的劍，而是只有我才能用的劍。」

「……不……不可能！不可能不可能不可能……！一定是你在胡扯。這一定是胡扯這種事情怎麼可能辦到！聖劍……應該是魔族的天敵才對！居然……用那種不正經的力量強行支配他……」

自己的常識已從根本遭到顛覆，列維烏斯只能一臉蒼白地吼著。

「用蠻力使聖劍屈服……這種事應該連那個魔王都辦不到才對！」

「列維烏斯，你忘了嗎？現在站在你眼前的男人——可是殺死魔王的勇者喔。」

席恩說著。

說著昭然若揭的事實。

說著不會留在史書上的真相。

「打敗魔王的勇者做得到魔王不會的事，這沒什麼好奇怪的吧？」

超越了魔王的少年高傲地挑明，同時將聖劍——不，是將已墮落的魔劍舉起。

「好了——做個了結吧。」

席恩單腳蹬地，以爆發性的加速度拉近距離，一瞬間就搶入列維烏斯懷中。

列維烏斯反射性拔出腰間的劍。那是他平常愛用的劍，雖然不及聖劍，卻也是一把賣了之後，可以蓋十間房子的名劍。

然而——那毫無意義。

列維烏斯自己也非常清楚這只是垂死掙扎。

席恩由上往下揮劍。

「魔劍梅爾托爾」發出的攻擊，是能連著空間將各種物體切開，無法防禦的斬擊。

列維烏斯手上的劍隨即斷成兩截，他的身體也切出一道深深的傷痕。

「……唔啊！」

即將倒下之際，列維烏斯不禁笑了。

（這是……在諷刺我嗎？）

席恩雙手握劍，確實踏穩腳步，然後用力揮劍。

這一記攻擊──是列維烏斯當初教他的第一個技巧。是列維烏斯造訪孤兒院時，教授生來第一次握劍的少年這一連串不能稱作招式，而是基本中的基本動作。

（……又或者，這是你的一種禮儀呢……）

列維烏斯的身體呈大字形倒在地上。席恩立刻縮短雙方距離，用刀尖指著他的咽喉。

「……我可以……問一個問題嗎？」

列維烏斯以因苦痛喘息的聲音，同時也有些冰冷的聲音提問。胸前的傷非常深，大量的鮮血止不住地往外流淌。

「什麼事？」

「你為什麼……沒有馬上奪走聖劍？只有你有那個意思……隨時都可以吞了聖劍吧？既

然如此……為什麼要裝成劣勢？」

這不是什麼大問題。

勝負其實在一開始就定了。

打從一開始，他們就沒得比。

不論列維烏斯操縱聖劍的技術有多純熟——席恩．塔列斯克的水準依舊君臨於相差懸殊的次元上。

當他為了脫離地獄，努力向上爬的時候，對方已經在地獄底層將地獄之力納為己用了。

正因如此——他才更想不透。

只要他有心，勝負在一瞬之間就會分曉。那麼他為何要毫無意義地持續承受攻擊呢？

「是因為我自以為超越你的樣子實在太滑稽……你看得津津有味嗎？」

「……不。」

席恩輕輕搖頭。

「如果可以，我其實不想把『梅爾托爾』變成魔劍。因為聖劍對人類來說，是很珍貴的祕寶。就算只有一把，我也不想減少數量。這樣當未來又有像魔王那樣的威脅出現時……又或者……」

席恩以壓抑情緒的聲音繼續說：

「萬一我的身心都淪落為怪物時……我覺得人類必須有聖劍，好用來殺死我。」

列維烏斯啞口無言。

他絕對沒有放水戰鬥。他只是直到最後一刻，都還想保留聖劍——直到自己就快喪命的前一刻，他還是思量著人們的未來。

「……你現在……還說這種理想論啊？」

無論席恩受到多麼可怕的詛咒，無論得到多麼強悍的力量，他還是和從前一樣，毫不害臊地說著理想論。

面對這樣的他，列維烏斯——

「真是……敗給你了……」

以無奈又帶點豁然開朗的聲音說著。

這個時候有三名女性被吐出空間的裂縫，現出身形。

由於「聖劍梅爾托爾」被調教成「魔劍梅爾托爾」，持有者從列維烏斯變成席恩之後，「奈落牢」的封印也跟著減弱。菲伊娜、伊布莉絲、凪她們三人便趁隙打破閉鎖空間。

「噗哈！總算出來了！」

「該死……！那個金髮男在哪裡！我絕對饒不了他！」

「主公……主公人在哪裡！他沒事吧！」

她們三人急忙進入警戒狀態，接著環伺四周。

「對了……雅爾榭拉上哪兒去啦？她應該有辦法比我們更快跑出來吧？」

伊布莉絲問道，菲伊娜則是手指著前方代替回答。

她手指著的方向——站著早已脫離閉鎖空間的雅爾榭拉。她已變回人類的身形，而不是魅魔的樣貌，臉上表情滿是沉痛。

她的視線前方——

是已經分出勝負，只剩空虛的戰鬥。

「——謝謝你，列維烏斯。」

席恩用劍指著對方的咽喉說道。

但列維烏斯卻皺起眉頭。

「……你瘋了嗎？居然向要殺你的人道謝。」

「不對。你不是想殺了我——你是想讓我解脫。」

席恩說著。

「我也說不清楚……雖然沒有證據，但就是覺得今天的你很假。感覺就像逼迫自己當壞人一樣，很不真實。」

「…………」

「列維烏斯，其實你是試著想讓我解脫吧？受到詛咒，被人們疏遠，無法自己如願死亡，只能悲慘地永遠苟活的可憐怪物——你是來替我結束這一切的吧？」

這或許是一種過於充滿希望的揣度。

或許是因為席恩無法接受性格大變的列維烏斯，所以才創造出一個符合自己希望的幻想罷了。

但是他想去相信這個幻想。

列維烏斯的說詞和表情確實都因嫉妒而醜陋地扭曲——但他揮下的每一劍卻是那麼誠實，那麼真摯。

席恩甚至能感受到他對自己的敬意。

他的劍法感覺就像殺意與敬意同時存在一樣，互不衝突——

「……呵。哈哈哈……你的腦袋到底有多天真啊？」

列維烏斯笑了。他的嘴角歪斜，發出一陣乾笑。

然後他彷彿放棄了一切般，靜靜地吐出一口氣。

「唉……我可能有一成這樣的心思吧。」

他說道。

「你很完美。雖然年幼，卻是足以讓我嫉妒的完美天才。所以……如果這樣的你無法名留青史，只能不為人知地腐朽離世，那乾脆由我親手把你殺得體無完膚……我可能有這麼想過。」

「是嗎……」

席恩一臉沉痛地點頭。

「……如果是在一年前，我可能就會心甘情願被你殺死了。或許我會覺得，如果是被自己曾經信任過的夥伴殺害，那也不錯。」

被攆出王都，過著避人耳目生活的每一天——

如果列維烏斯在那如地獄般持續被孤獨折磨的日子裡來到他的眼前，他想必不會抵抗，就這麼被殺吧。

他甚至會哭著感謝列維烏斯也說不定。

謝謝你殺了我。

謝謝你終結詛咒。

但是——現在不同了。

「現在的我想活下去了。就算不是勇者，就算淪落成怪物，不管我變得多麼不像樣、多麼悲慘……我還是想活下去。」

席恩在唇齒間隱約流露著笑意，如此說道。

「一年前啊……呵。我不像某個人那麼有才能啦。我花了兩年才把聖劍練得爐火純青。」

列維烏斯拋出一句諷刺。說完，他便咳出血來。

「好了……快殺了我吧。我已經做好覺悟了……」

「…………」

席恩嘴上的笑容消失了。

他的右手使力，將魔劍的刀刃——從咽喉移至盤據在軀體上的那道深深的傷口。

刀尖發出一陣淡淡的光芒。

那是——治癒術的光芒。

「什……？你……你幹麼……唔……唔嗚嗚嗚！」

「抱歉了。不知道是不是因為變成不死之身的關係，我的治癒術變得很糟。糟到完全沒辦法做細膩的控制……治是治得好，不過就是很痛。」

「唔……啊啊啊！不、不是……我問的不是這個！」

列維烏斯一邊忍著治癒的劇痛，一邊吼著。

「你為什麼不殺我！」

「…………」

「這是在同情我嗎……？你到底還想多天真啊！殺了我！你以為……我是抱著多大的覺悟才來找你挑戰！就算拋棄一切，我也想超越你，難道你想把我這種覺悟當成一場空嗎！」

「你別誤會了，列維烏斯。」

席恩以一雙伶俐的眼神睥睨列維烏斯說：

「我不會原諒你。不可能原諒你。現在的我可沒溫柔到有辦法原諒一個想殺了自己的人。」

他以令人毛骨悚然的冰冷聲調繼續說著。

「你回地獄去吧，列維烏斯。」

「什麼……？」

「我不管你有覺悟還是怎樣，反正我不許你為所欲為之後，隨便滿足地死去。你回王都去，繼續自稱『勇者』，繼續扮演冒牌的英雄吧。你就在自己認定的地獄裡度日，對無法超越我的自己感到羞愧吧。每當有人叫你『勇者』的時候，你就會想起和我之間的明顯差距，因羞愧而顫抖。」

這就是你應得的懲罰。

席恩如此說道。

列維烏斯原本還是一臉混亂，不過最後他似乎終於想通了什麼，傻眼地發出苦笑。

「……到頭來一切都是為了人民嗎？要是身為現任『勇者』的我死了，這個國家將會動亂。我們和周邊列強的武力平衡就會崩毀，未來將會血流成河……所以你才會放我一條生路是嗎？你這小子真的是……到底要為了人類盡心盡力到什麼程度啊？」

「沒這回事。如果我真的替人類著想……我就應該現在馬上去死。」

他是只要存在於此，就會侵蝕生命的害獸，而且不知道詛咒何時還會變強──不知道什麼時候會完全變成一隻怪物。

他的存在對人類而言，本身就是一種威脅。

這就是勇者的末路──席恩．塔列斯克的現狀。

「不過我已經決定要活下去了。不是為了人類，是為了自己。我決定要為了私利私慾而戰。所以呢……我會隨便地、適度地滿足我希望人們活得和平的慾望。」

「……我搞不好有一天又會跑來殺你喔。」

「到時候我會再打敗你。然後不斷把你送回地獄去。」

「呵……哈哈哈！」

列維烏斯笑了。那是一種宛如執念已經消除，也像是放棄了某種東西，進而妥協那般──開朗到不自然的乾笑。

之後，列維烏斯帶著部下們回王都了。

至於最重要的「梅爾托爾」已經完全魔劍化，不可能再變回聖劍。

因此席恩利用魔術，做出一把外表一模一樣的複製品，讓列維烏斯帶了回去。其實只要一用過那把劍，馬上就會知道是假貨，不過不知是幸或不幸，現在這個國家除了列維烏斯以外，沒有人能確實使用「梅爾托爾」。所以短時間內大概還不會穿幫。

話又說回來，倘若爾後發生大戰，當王室准許列維烏斯攜帶聖劍，到時候大家還是會知道那是假貨——不過以後的事，以後再想就行了。

總而言之——

這位久違的客人倒是帶來了一場預料之外的激戰，以及一件想都沒想過的戰果。

「『梅爾托爾』，我們兩個又湊在一起了。」

列維烏斯一行人離開，宅邸的整理工作也告一個段落後——

席恩一邊走在宅邸的走廊上，一邊看著自己的右手喃喃自語。

黑色的手套下，隱藏在體內的「梅爾托爾」給了他一個欣喜的反應。雖說當時沒有其他的手段，但將從前的愛劍魔劍化，還將它存放在體內，依舊讓席恩有些罪惡感。

（不過……她們幾個在幹麼啊？明明到了晚餐時間，卻沒人來叫我去吃飯。）

如果是平常，無論席恩身在何處，只要一到晚餐時間，就會有人來叫他。可是今天卻沒有一個人過來。

別說過來叫人了，席恩甚至不見女僕們的身影。

席恩本以為宅邸已經整理完畢，但似乎不盡然。根本是整理到一半就停擺了。

（沒想到她們會工作到一半就不做……難……難道這就是所謂的罷工嗎……！）

席恩懷著忐忑的不安，還是拖著沉重的腳步姑且前往餐廳。如果她們沒有準備好晚餐，真的就只能認真懷疑是罷工了。

（……而且她們最近樣子都不太對勁。加上剛才對上列維烏斯的時候，也怪我一直猶豫不決，才給她們添了麻煩……她……她們該不會真的受夠我了吧……）

儘管煩惱，席恩還是伸手握住餐廳的門把。

然後慢慢打開。

下一秒——

砰砰砰。

隨著清脆的爆破聲響起，五顏六色的火花一齊飛散。這是低階的光魔術。先讓飄在半空中的球體爆開，然後讓五顏六色的花綻放。

事出突然，席恩一愣一愣地站在原地，接下來又傳出「一、二……」的號令。

「主人，祝您生日快樂！」

這是祝福的四重奏。

站在眼前的人是雅爾榭拉、菲伊娜、伊布莉絲、凪。遍尋不著的四名女僕們滿面笑容，嘴裡說著「等您好久了」，並上前迎接席恩。

「妳……妳們……」

席恩慌張地張望四周。

只見已經看慣的餐廳變了一副樣貌。

牆壁和窗戶套上華美的裝飾，上頭還畫著祝福的語句。餐桌上擺滿了奢華的料理。有一整隻烤小鳥、巨大的蛋糕，就連千層酥也堆得像山一樣高。

「生……生日……？誰的？」

「是您的生日呀，席恩大人。」

「雅爾榭拉……妳在說什麼啊？我的生日不是今天。不對，我根本不知道自己的生日啊。」

「是啊，我們明白。所以我們想說，就把今天當成您的生日。」

雅爾榭拉溫柔地笑著說：

「席恩大人，您還記得嗎？今天——是我們造訪這幢宅邸的日子。一年前的今天，我們和您一起展開了共同生活。」

經她這麼說——席恩這才發現。

他知道就快滿一年了，但並沒有意識到具體日期。

「您看起來對生日似乎不感興趣……但我們很想替您慶生。我們想讓您知道我們的感謝之情，我們也很慶幸您存在於這個世界上。因此一年一次就好了，請您給我們一天替您慶生的日子。」

雅爾榭拉自始至終都保持著謙卑。

「嘿嘿嘿，怎麼樣啊？小席大人，你有嚇到嗎？我們就是為了讓你嚇一跳，才瞞著你準備的喔。」

「不過呢……沒想到當天不只撞上冒牌勇者來訪，那傢伙還帶著滿滿的殺意要來殺死少爺……」

伊布莉絲厭煩地說著，菲伊娜也點頭如搗蒜。

「那個金髮男還真不會看狀況。再怎麼樣，也不用挑今天殺過來吧？不在今天慶祝就沒意義了，我們不能延期耶。」

這時雅爾榭拉介入。

「席恩大人，進行到一半的宅邸整理工作，我們明天一定好好完成。所以今晚……還請您以這場慶生會為優先。」

她如此說道。

接著凪帶著沉痛的面容開口：

「……實在是很抱歉，主公。這幾天屬下一直藉口冷落您……」

「這也沒辦法啊，凪。這就是作戰計畫嘛。」

「這我也知道……雖說是計畫，我還是冷淡對待主公，我的心痛得就像快被扭斷一樣。」

凪一臉心力交瘁地說著，菲伊娜卻得意地開口：

「這種事情講究的就是情緒落差！擺出有點冷漠的態度，其實一切都是為了你！這樣。」

「我說，菲伊娜……妳說是這樣說，可是我覺得就算少爺再怎麼晚熟，也沒有這麼單純——」

「……咿……」

當女僕們回首往昔時，身邊突然傳出一道小小的嗚咽聲。只見席恩低著頭，雙手捧著臉開始哭泣。

女僕們慌慌張張趕到席恩身旁，但他還是持續哭著。

「嗚……嗚嗚嗚……開……開什麼玩笑啊，妳們這群……白痴女僕們……咿……我……我可是……一直都很擔心耶……我以為……妳們討厭我了。以為自己做了什麼事，惹妳們不高興……結……結果……居然是什麼生日……嗚……嗚嗚……」

席恩夾雜著嗚咽，飛快說完這句話，然後抬起頭來。

「妳們把我弄得這麼高興，到底想怎樣啊……？」

席恩一邊流下點點淚珠，一邊笑了。儘管他想努力表現出傲慢的樣子，笑意就是無論如何都會從嘴裡竄出。

看見那張稚嫩的臉龐浮現的淚水與笑容，女僕們個個仰頭為之動容。

「……啊，我想起來了。我們家少爺雖然內心麻煩複雜，其實意外的很單純。」

「驚喜大成功……應該說太過成功了？」

伊布莉絲和菲伊娜小聲耳語。

「哎呀，小席大人剛才那張笑臉殺傷力太強了……」

「對啊，連我的頭都一陣暈。」

「不過……雅爾榭拉在幹麼？」

菲伊娜的視線前方，是雅爾榭拉咬著嘴唇，咬到幾乎快滲血的模樣。垂落身體的雙手更是使盡力氣捏著大腿。

伊布莉絲看了，說出推測：

「應該是那個吧。正在拚命和自己的性慾奮戰。剛才那張笑臉太可愛了，害她忍不住想推倒少爺，可是現在是慶生會，所以要隱忍自重。」

「……原來如此。好吧，我懂她的心情。」

「嗚……嗚嗚……主公啊……您居然高興成這樣，屬下……屬下好開心！」

「這個人也是同一副德性，而且還被感染情緒一起哭……」

「凪的淚腺本來就很容易潰堤嘛。」

餐廳一口氣熱鬧了起來。

席恩用雙手擦乾淚水。

「雅爾榭拉、菲伊娜、伊布莉絲、凪。」

然後一個一個呼喚女僕的名字。

「妳們有生日嗎？」

面對這道提問，她們面面相覷之後，左右搖了搖頭。

雅爾榭拉接著說：

「……不，沒有。因為我們魔族沒有慶生的習慣。就連慶生會的存在，我們也是在入住這幢宅邸之後才知道的。」

「這樣啊。那麼——今天就不要只當成我的生日，也當成妳們的生日吧。」

席恩說道。

「一年前我們相會，就像獲得了重生。所以今天是我們大家的生日。明年、後年……還有以後，每年的今天，我們都一起慶祝吧。」

面對主人一臉幸福地如此提案——

「謹遵您的吩咐。」

「大贊成！」

「嗯，不錯啊。」

「屬下遵命。」

女僕們也是一臉幸福地點頭答應。

「席恩大人，請您過來這裡坐吧。我來負責分菜。」

「好～！今天要大鬧一番了！」

「好，喝酒吧。我今天要久違地泡在酒裡面。」

「主公，餐點還有很多，請您盡情享用。」

就這樣，餐廳內逐漸充滿熱鬧又溫暖的氣氛。

羅格納王國西邊的艾爾特地方——

在一座人跡罕至的巨大森林最深處。

有五名怪物住在一幢孤零零座落於此的偌大宅邸中。

他們是無法再居於人群中的末路勇者，以及背叛魔王、遭到魔界放逐的末路高階魔族。

失去容身之處的人們相互依偎，創造出新的居所。

這些無法稱作人類的人們，試圖表現出人的樣子。

並非主人的人，試圖表現出主人的樣子。

並非女僕的人們，試圖表現出女僕的樣子。

這群絕非家人的人們，想比任何一個家庭都有家庭的樣子。他們在世界的角落一邊掙扎著想獲得幸福，一邊努力地度過每一天。

後記

有一句話是這麼說的，「十歲是神童，十五歲是才子，過了二十歲就只是個普通人」。我認為這句話大概是在講述，十歲左右發揮長才，被人稱作神童的小孩子，也會隨著年紀增長逐漸變成普通人。我現在重新思考了一下，我覺得這句話實在說得太霸道了。周遭的人恣意吹捧別人是「神童」，但如果後來成長幅度不如預期，就夾雜著失望與達觀，認定對方「只是個普通人」。霸道也得有點限度吧？不過換個角度看，像這樣高高在上地批評「神童」是「普通人」的人，其實也是「普通人」這一邊的人吧。無論什麼時代，「神童」這種稀有的存在都是大眾感興趣和眼紅的對象，說得難聽一點，人們看待他就像玩具一樣。「神童」是極少數的存在，而世上大多數的人都是「普通人」……既然如此，那「神童」變成「普通人」或許才是一件幸福的事吧？不管過了多久，才能永遠不會消失，無法變回人類，持續以「神之童」的身分活下去，這真的是受神明所愛的證明嗎？還是說——

前面說了這麼多——大家好，我是望公太。

這是一部敘述拯救了世界，世界卻沒有拯救他的少年，與仰慕他的大姊姊們一起幸福生活的故事。該怎麼說呢……其實我個人很喜歡主子是年紀小的男生，然後僕役是大姊姊的這種關係性。看到堆滿個人興趣的作品問世，我真的非常開心。

以下開始是謝詞。

責編T大人。這次也受您照顧了。非常感謝您讓這種興趣全開的作品得以出版。插畫家ぴょん吉大人。謝謝您畫出這麼美的插圖。席恩超級可愛，女僕們也是很棒的大姊姊。尤其是我說「全部交給您決定」，就這麼完全不過問的女僕服的設計，實在是無與倫比地有個性，品味非常亮眼。往後也麻煩您繼續關照了。

接下來我要對購買這本書的各位讀者獻上最大的感謝。

那麼我們第二集再會吧。

望公太

千劍魔術劍士 1~2 待續

Kadokawa Fantastic Novels

作者：高光晶　插畫：Gilse

對上強敵「三大強魔」——
最強劍士傳說，第二集登場！

結束與領主軍的戰鬥，阿爾迪斯等人來到納古拉斯王國附近的森林中。為收集情報，阿爾迪斯孤身前往王都古蘭，聽聞了令王都居民頭疼的魔物「三大強魔」。傳聞中名為「噬紅」的魔物存在於雙子與涅蕾留下的森林中，而喚醒魔物的「滿月」逐漸接近——

各 NT$180~220/HK$60~73

戀愛至上都市的雙騎士 1~2 待續

Kadokawa Fantastic Novels

作者：篠宮夕　插畫：けこちゃ

最強的雙騎士勇也及藍葉接到的下一個任務是——一同參賽曬恩愛競技「戀愛祭」！

勇也及藍葉警戒著盯上祭典的「情侶殺手」參與戀愛祭，然而王城的黑髮美少女卻對勇也積極示好，事情演變成面臨更換搭擋的危機！情敵的登場讓藍葉下定決心，奮不顧身地發動攻勢試圖奪回戀愛磁場！兩人有辦法縮短彼此之間的距離，打倒情侶殺手嗎！

各 **NT$220~250/HK$73~83**

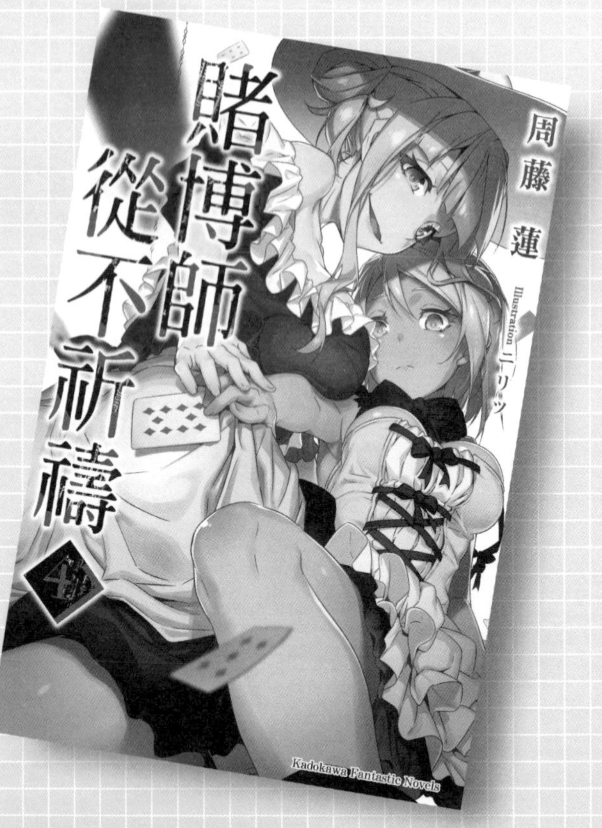

賭博師從不祈禱 1~4 待續

Kadokawa Fantastic Novels

作者：周藤蓮　插畫：ニリツ

第二十三屆電擊小說大賞「金賞」得獎作品第四局！
看似幸福的日常中，潛藏著揮之不去的一抹陰影——

　　結束巴斯的長期滯留，拉撒祿等人總算回到倫敦。然而，得到莉拉這個必須守護的重要存在，拉撒祿身為賭博師的無情心靈也因而變得破綻橫生。遭到黑社會大人物和警察組織盯上，同時與過去的戀人芙蘭雪所結下的梁子，將拉撒祿推入了毀滅的末路……

各 **NT$220~260/HK$73~82**

理想的女兒是世界最強，你也願意寵愛嗎？ 1 待續

Kadokawa Fantastic Novels

作者：三河ごーすと　插畫：茨乃

獻給下個時代大人的末世校園奇幻故事登場！
最強的女兒與無敵的父親，波瀾萬丈的故事即將展開！

人類再生機構「凰花」是人類僅剩的最後生存圈，其中的「學園都市」裡培養著人們的希望「魔法騎士」。白銀冬真的女兒雪奈以最強的S級身分進入「第一魔法騎士學園」就讀。然而冬真卻在某天接獲一道極機密指令——「跟你女兒一起上學」……

NT$240/HK$80

國家圖書館出版品預行編目資料

神童勇者的女僕都是漂亮大姊姊!? / 望公太作；楊采儒譯. -- 初版. -- 臺北市：臺灣角川, 2020.03-
冊；　公分. -- (Kadokawa fantastic novels)
譯自：神童勇者とメイドおねえさん
ISBN 978-957-743-635-1(第1冊：平裝)

861.57　　109000725

Kadokawa
Fantastic
Novels

神童勇者的女僕都是漂亮大姊姊!? 1

（原著名：神童勇者とメイドおねえさん 1）

2020年3月9日　初版第1刷發行

作　者：望公太
插　畫：ぴょん吉
譯　者：楊采儒

發行人：岩崎剛人
總經理：楊淑媄
資深總監：許嘉鴻
總編輯：蔡佩芬
編　輯：吳欣怡
美術設計：黃永漢
印　務：李明修（主任）、張加恩（主任）、張凱棋

發行所：台灣角川股份有限公司
地　址：105台北市光復北路11巷44號5樓
電　話：（02）2747-2433
傳　真：（02）2747-2558
網　址：http://www.kadokawa.com.tw
劃撥帳戶：台灣角川股份有限公司
劃撥帳號：19487412
法律顧問：有澤法律事務所
製　版：巨茂科技印刷有限公司
ISBN：978-957-743-635-1